Driss Chraïbi

La Civilisation,
ma Mère!...

Dossier et notes réalisés par
Sophie Doudet

Lecture d'image par
Olivier Tomasini

folioplus
classiques

Sophie Doudet, agrégée de lettres modernes, est professeur à l'Institut d'études politiques d'Aix-en-Provence, où elle enseigne la culture générale et l'histoire des mouvements littéraires et artistiques. Dans la collection « Folioplus classiques », elle a rédigé l'accompagnement pédagogique de *L'Ami retrouvé* de Fred Ulhman, *La Condition humaine* d'André Malraux et *La Chute* d'Albert Camus.

Architecte et licencié de philosophie, **Olivier Tomasini** est responsable du musée Stendhal et vice-président de l'association « La maison de la photographie de Grenoble et de l'Isère ». Il a été commissaire de plusieurs expositions internationales de photographies au musée de Grenoble (« William Klein », « Figures parfaites », « La Nouvelle Vision en France de 1925 à 1945 », « Vues d'architectures, photographies des XIXᵉ et XXᵉ siècles »).

Sommaire

La Civilisation, ma Mère!...

La Civilisation, ma Mère!...

À H. Zwitten, ma mère,
à ma sœur Sheena
et à Francis Antoine, mon ami.

Est-il vrai que l'homme parviendra finale-
ment à dominer l'univers entier, à l'exception
de lui-même?

LESTER WARD[1],
Dynamic Sociology.

1. Botaniste et sociologue (1841-1913), convaincu que l'esprit humain
peut faire progresser la collectivité. Fervent féministe, il pense que la
coopération des sexes est source de progrès pour une société.

Est-il vrai que l'homme parviendra finale-
ment à dominer l'univers entier à l'exception
de lui-même?

Lester Ward,
Dynamic Sociology

1. Botanica Sociological (Ad. 1915), commandem qui l'esprit humain
peut au ruporcreter la collectivité. L'essai Roumaine, il n'a sous un sa
coopération des sexes est sotto dominovera pour une société

Être

I

Voilà le paradis où je vivais autrefois : mer et montagne. Il y a de cela toute une vie. Avant la science, avant la civilisation et la conscience. Et peut-être y retournerai-je pour mourir en paix, un jour...

Voilà le paradis où nous vivions autrefois : arbre de roc, la montagne plongeant abruptes ses racines dans les entrailles de la mer. La terre entière, humanité comprise, prenant source de vie dans l'eau. L'Océan montant à l'assaut du ciel le long de la falaise et, jusqu'aux cimes, le long des cèdres hérissés.

Un cheval blanc court et s'ébroue sur la plage. Mon cheval. Deux mouettes s'enlacent dans le ciel. Une vague vient du fond du passé et, lente, dandinante, puissante, déferle. Explose et fait exploser les souvenirs comme autant de bulles d'écume.

Souffrance et amertume d'avoir tant lutté pour presque rien : pour être et pour avoir, faire et parfaire une existence — tout, oui, tout est annihilé par la voix de la mer. Seule subsiste la gigantesque mélancolie de l'autrefois, quand tout était à commencer, tout à espérer. Naissance à soi et au monde.

Une autre vague vient par-dessus la première et fulgure. Étincelle et ruisselle d'une vie nouvelle. Sans nombre, débordant par-delà les rives du temps, de l'éternité à l'éternité d'autres vagues naissent et meurent, se couvrant et se renouvelant, ajoutant leur vie à la vie. D'aussi loin qu'on les entende, toutes ont la même voix, répètent le même mot : paix, paix, paix...

2

Je revenais de l'école, jetais mon cartable dans le vestibule et lançais d'une voix de crieur public :

— Bonjour, maman !

En français.

Elle était là, debout, se balançant d'un pied sur l'autre et me regardant à travers deux boules de tendresse noire : ses yeux. Elle était si menue, si fragile qu'elle eût pu tenir aisément dans mon cartable, entre deux manuels scolaires qui parlaient de science et de civilisation.

— Un sandwich, disait mon frère Nagib. Tu coupes un pain en deux dans le sens de la longueur et tu mets maman entre les deux tranches. Haha ! Évidemment, ce serait un peu maigre. Il faudrait y ajouter une plaquette de beurre. Haha !

Il adorait sa mère. Jamais il ne s'est marié. Un mètre quatre-vingts centimètres à douze ans. Deux mètres dix à l'âge adulte. La force et la joie de manger et de rire, de se lever et de se coucher avec le soleil.

— Écoute, mon fils, me disait ma mère avec reproche. Combien de fois dois-je te répéter de te laver la bouche en rentrant de l'école ?

— Tous les jours, maman. À cette même heure. Sauf le jeudi, le dimanche et les jours fériés. J'y vais, maman.

— Et fais-moi le plaisir d'enlever ces vêtements de païen !

— Oui, maman. Tout de suite.

— Allez, va, mon petit ! concluait Nagib en faisant claquer ses doigts. Obéis à la créatrice de tes jours.

Elle marchait sur lui, le chassait à coups de torchon de cuisine et il se sauvait, courbant le dos, terrorisé, hurlant de rire.

J'allais me laver la bouche avec une pâte dentifrice de sa fabrication. Non pour tuer les microbes. Elle ignorait ce que c'était — et moi aussi, à l'époque (microbes, complexes, problèmes…). Mais pour chasser les relents de la langue française que j'avais osé employer dans sa maison, devant elle. Et j'ôtais mes vêtements de civilisé, remettais ceux qu'elle m'avait tissés et cousus elle-même.

Dois-je parler de ce fameux savon noir qu'elle obtenait en faisant mijoter dans une marmite en terre de la cendre de charbon de bois et de l'huile d'olive, deux jours et deux nuits durant ? J'y ajoutais à tout hasard du jus de citron, du miel, de la cannelle, n'importe quel ingrédient capable d'aromatiser cette pâte dentifrice dont elle était si fière.

— Curieux, disait le médecin de la commission scolaire. Très, très curieux. Craquelures des gencives dues sans doute à une malformation de la race.

Et avec quels mots, de quelle langue, et comment décrire ces choses informes et innommables qui, dans l'entendement de ma mère, étaient des vêtements ? *Bibliques* — c'était là son terme. Il me faudrait un mouton. Vivant. Et qui consente à se laisser tondre devant vous.

Nagib en achetait un au marché, le faisait entrer dans la cuisine en le poussant de toutes ses forces.

— Allez, entre, mon vieux, entre ! Fais comme chez toi.

Ai-je dit que ma mère avait une tondeuse ? Non, n'est-ce pas ? D'ailleurs, elle n'eût pas su s'en servir. Mais elle avait

une paire de ciseaux avec lesquels elle voulait me couper les oreilles et les clouer à la porte du salon, quand je disais de gros mots. Vous savez bien : de ces célèbres ciseaux japonais des années 20, qui avaient le poids d'un chaudron, la taille d'un sécateur et qui, s'ils tombaient sur le carrelage, pouvaient gaiement se réduire en poudre.

Les ciseaux passés dans sa ceinture comme l'eût fait d'une hache un corsaire se préparant à l'abordage, ma mère fermait à moitié sa main droite, portait à son œil cette espèce de lunette marine, jaugeait le ruminant et lançait :

— Nagib, va chercher la corde !

On passait un nœud coulant au cou du mouton et on attachait l'autre bout de la corde à un barreau de la fenêtre. Et c'est alors que commençait la danse rituelle de la tonte.

L'animal dansait n'importe comment, sans aucun sens artistique, en s'accompagnant de bêlements si plaintifs que je cherchais autour de moi qui pouvait bien jouer de la flûte de Pan. Le rire de Nagib valsait et tanguait dans toute la maison. Des voisins frappaient à notre porte, nous reprochant de battre des enfants en bas âge. Quant à ma mère, elle ne perdait ni son sang-froid ni sa ténacité. Sautillant à pas de Sioux, elle tournait le dos au mouton et disait à voix très haute, détachant les syllabes, afin que même ce corniaud d'animal pût la comprendre :

— Je n'aime pas la laine. Ce n'est pas bon, la laine. Du tout, du tout, du tout !... On ne fabrique rien avec de la laine, pouah !

Et, brusquement, elle faisait volte-face, bondissait sur l'animal et les redoutables ciseaux japonais faisaient entendre un cliquetis de fonte.

— Vite, vite, vite ! criait ma mère. Nagib, va chercher le balai. Il y a une touffe, je la vois. Elle est là, entre ses pattes.

À la fin de la journée, il y avait un tas de laine dans le

coffre à bois — et quelques lambeaux de peau. Ma mère était en nage. Nagib était aphone et avait les yeux secs comme des cailloux tant il avait ri et pleuré de rire. Quant au mouton, personne dans le quartier, et surtout pas un boucher, ne voulait l'acheter. À aucun prix. Il s'était transformé en un mustang fou furieux, avec des symptômes psychosomatiques. Et il ne voulait plus entendre parler de rien, ni d'arène, ni de danse, ni de rodéo. Tout agité de tics, les yeux hors de la tête et la langue pendante, il faisait entendre une sorte de miaulement : pitié, pitié !...

— Allez, viens, mon frère ! disait Nagib en crachant dans ses mains.

Il saisissait le ruminant comme un sac de farine, le juchait sur son dos et le montait sur la terrasse de la maison. Là, le soleil, le calme et l'azur du ciel aidaient à sa convalescence. Et puis, dans la journée, ma mère montait lui tenir compagnie. Nagib et moi étions à l'école et elle n'avait personne à qui parler, à qui se confier, déverser le trop-plein de son cœur. Elle lui apportait de l'orge, des galettes de maïs, des bouquets de menthe, un seau de lait, une banane ou un oignon en guise de dessert.

Elle l'appelait « Bébé », « Joyau de Sémiramis », lui racontait de ces histoires dont je connaissais les mille et une versions, lui chantait des mélopées où il était question d'Éden vert d'herbe verte et si tendre que les anges du Bon Dieu en mangeaient pour reprendre des forces.

Quand venait la fête du sacrifice, il lui fallait bien se séparer de ce confident qui l'avait écoutée depuis des semaines et des mois et n'avait jamais pu lui répondre. Elle faisait rôtir côtelettes, gigots, brochettes sur le brasero. En les arrosant de ses larmes.

Il y avait eu la tonte. Il fallait à présent filer la laine et la tisser. Ai-je dit que ma mère avait autre chose pour ce faire

que l'œuvre de ses mains? Jamais je n'ai connu homme ou
femme aussi habile qu'elle à tirer parti de n'importe quoi.

— Écoute, mon fils. Tu sais lire maintenant?

— Oui, maman.

— Et tu sais écrire?

— Oui, maman.

— Alors donne-moi ton ardoise. Elle ne te sert plus à
rien.

Patiemment, avec la méticulosité d'un Chinois laquant un
paravent, elle enfonçait des épingles dans l'ardoise. Sans
marteau. Il n'y en avait pas dans la maison. Avec ses doigts,
s'aidant parfois de ses dents qu'elle avait petites et solides.

C'est avec cette «brosse métallique» qu'elle cardait la
laine, des heures entières, jusqu'à ce qu'elle devînt aussi
légère qu'une caresse.

Pour filer, elle n'avait rien que ses mains — et ses orteils.
Mais son agilité et sa patience étaient telles qu'on eût juré
qu'elle avait cent doigts doués d'un mouvement de bielles.
Les pelotes de laine s'enroulaient, grossissaient, croissaient
en nombre autour d'elle. Et, ce faisant, elle soliloquait, fre-
donnait, riait comme une enfant heureuse qui n'était jamais
sortie de l'adolescence fruste et pure et ne deviendrait jamais
adulte, en dépit de n'importe quel événement — alors que,
la porte franchie, l'Histoire des hommes et leurs civilisa-
tions muaient, faisaient craquer leurs carapaces, dans une
jungle d'acier, de feu et de souffrances. Mais c'était le monde
extérieur. Extérieur non à elle, à ce qu'elle était, mais à son
rêve de pureté et de joie qu'elle poursuivait tenacement
depuis l'enfance. C'est cela que j'ai puisé en elle, comme
l'eau enchantée d'un puits très, très profond: l'absence
totale d'angoisse; la valeur de la patience; l'amour de la vie
chevillé dans l'âme.

Je venais parfois m'asseoir à côté d'elle, filant et tissant à
la lumière d'une bougie en suif. Lui parlais de ma journée

d'école, de mathématiques, de Victor Hugo ou de latin. Elle me regardait en silence, de ses yeux immenses et sans cils, me montrait ses mains aux lignes profondes comme des sillons dans un champ labouré. Cela. Seulement ses mains qui ne s'exprimaient pas avec des mots.

Elle prenait l'un de mes souliers et, s'en servant comme d'un marteau, elle enfonçait quatre clous de charpentier dans le mur. Jamais ils n'ont formé un carré comme en pouvait témoigner n'importe quel livre de géométrie. Ou un simple coup d'œil. Je le lui disais, le lui démontrais, mais elle était comme sourde à tout ce qu'elle ne *sentait* pas.

Personne ne lui avait rien appris depuis qu'elle était venue au monde. Orpheline à six mois. Recueillie par des parents bourgeois à qui elle avait servi de bonne. À l'âge de treize ans, un autre bourgeois cousu d'or et de morale l'avait épousée sans l'avoir jamais vue. Qui pouvait avoir l'âge de son père. Qui était mon père.

Quatre clous dans le mur et ses doigts, c'était là son métier à tisser. Le «hardware[1]» et le «software[2]» des ordinateurs que je connais à présent, franchi l'espace et le temps. Quelqu'un a dit que demain n'était plus à attendre, mais à inventer.

Quand le dernier brin de laine avait trouvé de lui-même sa place dans le tissu, ma mère prenait mes mesures. À sa façon. Sans patron. À vue d'œil. Un œil à moitié fermé et l'autre grand ouvert, elle tournait autour de moi, ses lèvres remuaient en silence et de temps à autre elle se frottait les mains.

— C'est ça, s'écriait-elle d'une voix de pythonisse[3]. Je vois. Je vois exactement ce qu'il te faut. Ne bouge pas.

1. «Quincaillerie» en anglais. Partie physique et électronique d'un ordinateur.
2. «Logiciel» en anglais.
3. Femme qui dans l'Antiquité grecque était la prêtresse d'Apollon et avait le don de prophétie.

Elle étalait par terre le tissu sur les quatre coins duquel elle posait quatre pains de sucre : la maison était pleine de courants d'air. Et alors entraient en mouvement deux produits de la civilisation, les premiers auxquels elle eût eu à faire face : les ciseaux et la machine à coudre.

Tant que durait la coupe, je devais rester en place, ne pas parler, garder la pose d'un mannequin en bois. Parce que ma mère avait l'œil simultanément sur moi, sur le tissu et sur les ciseaux. Parfois ceux-ci glissaient sans couper. Elle les aiguisait alors avec un silex, en serrant les dents comme un écrivain en train de fendre des bûches.

Ce n'était pas à proprement parler une « coupe » : ce mot a un sens, une logique, un contenu. Mais plutôt un découpage de séquences d'un film qu'eût opéré un réalisateur saisi par la débauche du génie anti-technique.

Tombaient à mes pieds des séquences inattendues : une manche qui avait la forme d'une citrouille, une courgette qui allait devenir un empiècement, un serpent qu'avec toutes mes acquisitions occidentales je ne pouvais définir... Mais ma mère savait. Elle se trompait presque toujours mais il ne fallait surtout pas lui donner de conseils : elle *savait* ce qu'elle faisait.

Quand il n'y avait plus rien à couper, elle restait là, comme perdue, considérant les ciseaux avec reproche. Puis elle poussait un soupir philosophique, ramassait et triait les morceaux et les chutes de tissu, buvait une pleine théière de thé vert et fumant. Sans doute ce breuvage agissait-il sur elle comme un révélateur : elle étalait de nouveau les morceaux, les intercalant et les changeant de place à toute vitesse, les rognant à coups de ciseaux pour « *faire bonne mesure* », les comptant avec une voix de machine-outil : il y en avait bien trente ou quarante. Dieu seul et elle seule savaient ce qu'ils allaient devenir une fois assemblés et cousus. Si par hasard ils se laissaient assembler et coudre.

Entrait en transes trépidantes la machine Singer — un de ces prototypes à pédale qui ont survécu à l'humanisme. Je l'ai là, devant moi, dans ma bibliothèque vitrée. Mon seul héritage. Entre les livres que j'ai écrits, jaunissant et s'empoussiérant, et des traités de management dont l'un affirme que la révolution ne se fait plus chez Mao Tsé-toung, mais chez Control Data.

J'avais une mission de confiance à accomplir : passer le fil dans le chas de l'aiguille. Jamais ma mère n'y est arrivée. Savez-vous ce qu'est la myopie ? Et qui vous dira jamais ce qu'est une femme qui ne veut pas s'entendre dire et prouver qu'elle est myope ?

Quel fil, dites-vous ? Oh ! n'importe lequel. Il était le bienvenu, la légendaire hospitalité de ma mère pouvait mettre à l'aise du fil de fer barbelé. Fil de lin, de soie, de coton, noir, marron ou rose — celui qui restait sur la bobine. Ma mère avait une prédilection pour le rose bonbon, pour la raison simple et logique qu'elle adorait les bonbons. Pourquoi devait-elle se compliquer l'existence ? C'était du fil ? eh bien, alors ?

Elle allumait une bougie, la fichait dans le goulot d'une bouteille, calait ses pieds sur la pédale de la machine à coudre. Debout. Le corps en équerre, agrippée à la machine, elle récitait une prière ardente et véhémente — quelque chose comme : « *Notre Père qui êtes aux cieux, vous êtes bien sur la terre aussi, de temps en temps, pour venir en aide à vos créatures qui ont inventé tant de moyens pour devenir sourds, aveugles et muets. Assistez-moi, Seigneur, dans cette tâche ardue entre toutes, au milieu de cette civilisation emblématique de cadavres qui me dépasse. Que votre nom soit sanctifié, Seigneur ! Merci beaucoup.* » Et la machine se mettait en marche.

Encore maintenant, je ne puis dire avec précision qui dirigeait l'autre, de l'engin ou de ma mère. Ils avaient la même âme, le même corps, le même mouvement passionné, comme

ces cavaliers cosaques que j'ai vus galoper à cheval dans la
région du Don, du côté de Viochenskaïa. Je ne sais pas si la
machine à coudre avait un cœur irrigué de sang, avec parfois
des giclées d'adrénaline dans la tension et l'effort. Mais ma
mère et elle avaient le même souffle de phoque, toutes
deux dansaient le même *jerk* endiablé, les coutures n'étaient
jamais droites et l'aiguille passait sur n'importe quoi. Souvent
sur une manche de la robe de ma mère en même temps
que sur le vêtement qu'elle était en train de me confec-
tionner. Et une fois sur sa chevelure qu'elle avait longue
jusqu'à la taille. Je me dois de dire la vérité. Vous me
connaissez. Je suis un homme sérieux. J'affirme que cela
s'est produit une seule fois, un soir d'octobre 1936. J'avais
six ans.

Ce soir-là, mon père l'a regardée avec une étrange lueur
dans les yeux.

— J'aime bien ta nouvelle coiffure, laissa-t-il tomber en
même temps que la cendre de sa cigarette. Cela te dégage
le front. Tu es jolie, tu sais?

J'ai parlé de vérité. Pour moi, elle est un droit. Un droit
sauvage à la vie. Voici : j'ai vu les yeux de maman s'agrandir
et s'allumer comme des phares dans sa longue nuit polaire ;
j'ai assisté à un lever de soleil sur sa solitude quotidienne et
profonde. Cela n'a duré que le temps d'une naissance, mais
j'ai vu la tempête de joie qui bouleversait son visage, fibre
par fibre.

Et voici : mon père fut doux avec nous tous ce soir-là. Et,
le lendemain matin, ma mère vola de chambre en chambre
avec la légèreté d'un oiseau. Elle fit cuire une bassine de
beignets, m'en gava, en mangea deux douzaines, lava les
trois étages de la maison à grande eau, secoua et battit tapis
et tentures. Pour une machine à coudre dont elle n'avait
pas su se servir la veille ! Pour une aiguille qui, par mégarde,
avait cousu ses cheveux !

Ce fut juste ce jour-là. La seule fois où j'ai entendu mon père exprimer sa tendresse à celle qui était son épouse. Les clous, les sociétés, les sentiments peuvent se rouiller à la longue. Pas ma mère. Elle était un arbre, cerclé dans une cour de prison, mais que le moindre souffle de printemps pouvait faire bourgeonner et fleurir avec luxuriance. Quand, quelques jours plus tard, retomba sur elle la trappe de la colonisation, que fit-elle ? Vint-elle se plaindre à moi, qui pouvais tout écouter dès mon plus jeune âge ? Pleura-t-elle entre deux oreillers afin que nul ne pût l'entendre ? Non. Elle défit sa chevelure, mèche par mèche, presque cheveu par cheveu, en retira le fil qui l'avait rendue désirable et femme pour une nuit. Et ce fil, elle ne le cassa pas. Elle l'enroula autour d'un bouton de sa robe, en prenant tout son temps.

Par un après-midi de juillet où un œuf frais pondu eût pu durcir en dix minutes sous le soleil, deux voix jurantes, sacrantes et pestantes sont entrées soudain dans la maison. Seulement les voix — et la rumeur des voisins qui s'attroupaient dans la rue.

Il a fallu que Nagib dégondât la porte d'entrée pour livrer passage à deux déménageurs vêtus uniquement de shorts et de rus de sueur, et à l'espèce de cercueil cerclé d'acier qu'ils transportaient à bout de bras en poussant des jurons à faire dresser les cheveux sur la tête d'un Marocain — tandis que, tapie dans sa cuisine et armée d'un balai, ma mère glapissait :

— Qu'est-ce que c'est ?... Ne les laisse pas entrer, Nagib, tu entends ? Ce sont des voyous, des bandits... Va appeler les gendarmes, vite, vite !...

— C'est la radio, disait Nagib de sa voix de fonte.

— Pousse, mais pousse donc ! disait une voix d'homme.

— Quelle radio ? criait maman. Mais qu'est-ce que ça veut dire ?

— Allez, tasse-toi ! m'a dit l'un des déménageurs. Tu vois pas qu'on n'en peut plus ?

— Si, monsieur.

— Alors, calte[1]!

Il était poilu comme un chien et dans ses yeux il y avait une lueur de meurtre. À tout hasard, je me suis aplati contre le mur du vestibule, mais l'autre déménageur m'a donné un coup de coude:

— Allez, laisse-nous passer, fromage! Ce bordel de nom de Dieu de machin, on le transbahute depuis la gare. Par quarante degrés à l'ombre, tu comprends? Allez, barre-toi!

Celui-là, je n'ai vu que ses sourcils aussi épais que des brosses à dents, et ses yeux où il y avait des lueurs d'incendie.

— Va jouer aux billes, a conclu Nagib. Va, mon petit!

Je connais l'escalier qu'ils ont gravi comme un calvaire: il est en béton, étroit, sombre et résonnant, à marches larges et hautes. À mi-hauteur, il s'arrête sur un palier, avec des niches et des coffres: c'est là que nous jouions aux brigands, Nagib et moi. Puis l'escalier forme un angle droit inattendu, descend de quatre marches et remonte tranquillement vers le premier étage. J'ai connu l'homme qui avait dessiné le plan de la maison sur une planche avec un morceau de charbon de bois. C'était un artiste, un fin lettré qui pouvait vous réciter les *Quatrains* d'Omar Khayyam[2], les yeux fermés. Il avait prévu les moindres recoins, et même les anges du plafond chargés de veiller sur le salut des habitants de cette demeure terrestre. Quant à l'escalier, il l'avait simplement oublié.

On a dû le rajouter par la suite et j'ai connu également l'homme qui l'avait bâti, de ses propres mains, sans aucun plan, rien qu'avec son flair de paysan descendu tout droit de sa montagne.

1. S'enfuir en courant. Ici: Dégage!
2. Écrivain et mathématicien persan (1048-1131).

Mon frère a essayé de prévenir les deux déménageurs en sueur et en colère. Je l'ai entendu qui s'égosillait:

— Attention, vous allez vous casser la tête... Pas par là... pas par là, je vous dis!

J'ai quand même perçu le bruit d'un vieux coup et un juron que je n'ai jamais su traduire. De la cuisine où je m'étais réfugié, j'ai entendu des explosions de vagues contre les rochers, réverbérées en ondes sonores. Ma mère s'est écriée:

— Qu'est-ce que c'est?

Et j'ai répondu:

— Ce n'est rien. C'est le plâtras des murs qui vole en éclats.

Des grondements d'ours s'entre-déchirant dans une caverne sont parvenus jusqu'à nous.

— Mon Dieu, mon Dieu! a dit ma mère d'une voix d'enfant. Qu'allons-nous devenir? C'est la fin du monde.

— Mais non, maman. Ce sont les deux géants et Nagib qui fait son apprentissage de géant avec eux. À cette heure-ci, ils doivent être sur le palier. Ils vont bientôt tourner à gauche, c'est le plus difficile. Comment vont-ils s'y prendre?

— Qu'est-ce qu'ils viennent faire ici? Que contient cette énorme caisse? Un cadavre en plomb? des pierres? des briques, ou quoi?

— Mais non, maman, voyons! C'est la radio.

— La radio? Mais qu'est-ce que ça veut dire. La « radio »?

Il y a eu des bruits indéfinissables entrecoupés d'appels au secours: *Ho hisse!...* *Ho hisse!* Puis, juste au-dessus de nos têtes, le plafond en ciment armé a résonné comme un marteau-pilon. Du coup, ma mère a trouvé une voix de prédicateur prêchant dans le désert:

— Les montagnes ont tremblé de leur tremblement et la terre s'est secouée de l'humanité qu'elle portait sur son dos depuis des siècles et des siècles. Nous avons désobéi

au Seigneur et voici : le ciel est en train de dégringoler. Je te le dis, en vérité. Prie, mon fils, prie !

Une voix s'est chargée de lui répondre, tombant, me sembla-t-il, non du premier étage mais du ciel tant elle était pleine de joie :

— Ça y est, les gars ! on l'a eu, ce salaud.

Un autre archange a répliqué avec l'accent du triomphe :

— Passe-moi les tenailles et le marteau.

Longtemps, ils ont martelé, cassé, brisé — et ils chantaient à tue-tête des strophes dont voici la première, « adaptée » pour des oreilles occidentales :

> *Mon père était gardien de troupeaux ;*
> *Il soufflait dans le derrière des chevaux*
> *Avec un tube en roseau*
> *Pour les faire devenir plus beaux,*
> *Les chevaux !*

Suivait un refrain, constitué non de mots, mais des flots de rire de mon frère.

Quand ils sont redescendus, ils étaient souriants et très calmes, comme s'ils étaient invités à une réception mondaine. Poliment, ils m'ont demandé s'il n'y avait pas quelque chose à se mettre « sous la dent ». J'ai hasardé :

— Du tabac à chiquer ?

— Mais non, m'a répondu le poilu. Quelque chose à bouffer en vitesse. Et apporte-nous à boire, pendant que tu y es.

Ma mère qui avait entendu leur requête m'a chargé d'un chaudron, puis d'un seau d'eau qu'elle a rempli à ras bord. Nous tous qui étions là, nous les avons regardés manger le ragoût aux pois chiches. S'ils ont nettoyé le chaudron, ils ne sont pas parvenus tout à fait à vider le seau. Et pourtant ils étaient deux. Et ils avaient soif.

Quand ils sont repartis, tous les voisins qui s'étaient massés dans la rue sont repartis avec eux. En tout cas, un silence de marée basse est tombé soudain sur le quartier. Nagib a remis la porte d'entrée sur ses gonds, a fait craquer ses doigts et nous a dit:

— Venez voir, mes agneaux, la splendeur des splendeurs.

Nous sommes montés et nous avons vu. Par terre, dans le salon, il y avait des planches, deux ou trois encore entières, les autres en éclats. Des morceaux de fil de fer, des clous tordus. Et au milieu de tout cela, quelque chose de noir, pesant, oblong, qui tenait du coffre et de l'armoire. Avec un cadran, deux boutons et une plaque de métal où était gravé en relief un mot que je ne comprenais pas: BLAUPUNKT.

Ma mère a considéré Nagib et il a levé les bras au ciel. Puis elle a considéré le meuble, longuement; a tourné tout autour, les mains dans le dos; a tapoté le cadran, tourné les boutons. Et comme le meuble ne réagissait pas, elle s'est arrêtée et m'a dit:

— Qu'est-ce que c'est, cette chose?

— Blo Punn Kteu, ai-je répondu.

— Quoi?

— Blo Punn Kteu.

Elle s'est mise tout de suite en colère, comme si le feu couvait depuis longtemps en elle.

— Quelqu'un dans cette maison veut-il m'expliquer de quoi il s'agit?

— Ce qu'il a dit n'est pas tout à fait exact, a fait remarquer mon frère. Moi aussi, je sais lire. Il y a écrit: «Bla Upunn Kteu».

Je me suis mis en colère à mon tour.

— Blo Punn Kteu!

— Non, monsieur, a dit Nagib. B-L-A, Bla, Upunn Kteu. C'est comme ça, mon petit!

— Seigneur Dieu! s'est écriée ma mère en se tordant les mains. Qu'est-ce qu'ils racontent, ces monstres que j'ai mis au monde! Allez-vous m'expliquer à la fin?

— C'est la radio, a répondu Nagib. La radio, quoi!

— Mais qu'est-ce que c'est que cette « radio » dont j'entends parler depuis trois jours? Radio... Blo... Bla Upunn... Radio... Kteu!...

Les yeux dans les yeux, Nagib et moi nous sommes regardés en frères et nous avons répondu d'une seule et même voix:

— C'est une boîte qui parle.

— Qui parle? Une boîte qui parle? Ah ça! Vous me prenez pour une femme du Moyen Âge ou pour un haricot? Vous osez vous moquer de votre mère? Attendez un peu que je défasse ma ceinture.

— Elle est en soie, a dit Nagib. Elle ne ferait pas de mal à un ver de terre. Prends plutôt une de ces planches. Et tape si tu ne comprends pas. Mais auparavant, écoute-moi, petite mère: ceci est une boîte, je te l'assure, et une boîte qui parle.

— Mais-elle-ne-parle-pas!

— Elle va le faire. Elle va donner les nouvelles du monde entier, elle va chanter, dire: « Au quatrième top, il sera exactement 10 heures 24 minutes 30 secondes. » Elle va rire, pleurer, raconter un tas d'histoires.

— Elle va faire tout ça? Tu en es sûr?

— Oui, madame.

— Mais... mais comment?

De nouveau, nous nous sommes regardés, mon frère et moi. Et nous nous sommes compris. J'ai vu comme un doigt sur les yeux de Nagib me recommandant la plus grande prudence: « Chut! tais-toi. Ne lui parle surtout pas de l'électricité, ça ferait des étincelles. » J'ai répondu très vite:

— Par magie.

— Ah bon! a dit ma mère, soulagée et joyeuse tout à coup. Comme les fakirs et les charmeurs de serpents?

— C'est ça. Parfaitement.

— Tu veux dire qu'un magicien va venir et animer cette grande boîte?

Nagib l'a prise dans ses bras, lui a embrassé les mains, le front, les cheveux.

— C'est un magicien tellement magique que tu ne le verras même pas. Je t'en donne ma parole.

— Oh! je suis contente... si contente...

Nous l'avons aidée à nettoyer le salon. Nous avons balayé et lavé l'escalier. Nagib est sorti au pas de course avec sa veste sous le bras, disant:

— Pouh! C'est une vieille veste. Et d'ailleurs, il fait trop chaud. Je vais la troquer contre quelque chose.

Quand il est revenu, il avait un sac de plâtre sur le dos. Avec une cuiller en bois d'olivier, nous avons gâché le plâtre et nous avons rebouché les trous dans le mur.

Le soir, mon père bénit notre repas de viande froide, parla des philosophes grecs et des cours de Wall Street, ne fit aucune allusion à la radio et alla se coucher en fumant sa pipe.

Dans les jours qui suivirent, une demi-douzaine d'hommes envahirent la maison. Ils clouèrent, vrillèrent, vissèrent. Posèrent un compteur, dévidèrent des fils électriques, installèrent interrupteurs, douilles, lustres. Ma mère était comme agressée par ces allées et venues, ces voix sonores, ces coups de marteau. Toute la journée, elle était recluse dans sa cuisine, les lèvres scellées, préparant des plats et des litres de thé, pour nous et pour ceux qui travaillaient à «l'installation du magicien dans la maison». Quand nous revenions de l'école, elle nous posait la même question:

— Ça y est? Il est là?

Et nous lui faisions la même réponse:

— Bientôt.

Elle n'était pas impatiente ou excitée. Non. C'était quelque chose d'autre qui n'appartenait qu'à elle : la patience et la foi. Une patience *croyante*, tassée, comprimée, devenant fébrile de jour en jour.

Ce vendredi-là, je m'en souviens très bien, avec tout mon passé aigu. L'horloge à poids du salon venait de sonner cinq heures de l'après-midi d'une voix rouillée. Nous nous déchaussâmes, Nagib et moi, dans le vestibule, posâmes nos cartables sur nos souliers et dîmes :

— Ça y est ! il est là.

Plus tard, beaucoup plus tard, j'ai fondé une famille, moi aussi, dans un pays que j'ai appris à aimer. L'un de mes enfants s'appelle Dominique, une fille de neuf ans. Si blonde qu'on ne voit pas ses cheveux dans le soleil, avec des yeux de myosotis, aussi immenses que ceux de ma mère. Le soir, au lit, quand je lui raconte des histoires d'ogres et de fées, sur son visage c'est comme l'expression vivante de *La Mer* de Debussy, le flux et le reflux, le calme et la tempête. Ses yeux sont inondés de larmes et, l'instant d'après, c'est le printemps du sourire.

Cette pure émotion, couleur, odeur et substance de vérité, elle était là, sur le visage de ma mère quand Nagib lui a mis dans la main la poire électrique pendant au-dessus de son lit et lui a dit :

— Allume. Presse sur le bouton. Vas-y !

Un moment, l'indécision a sauté dans ses yeux, d'un œil à l'autre, vélocement. L'appréhension devant l'inconnu. La peur de faire apparaître un génie qu'elle ne pourrait plus contrôler. Mais j'ai vu ses dents : elle souriait. Un sourire qui était sûrement une invocation : « Au nom du Tout-Puissant, Maître de l'Univers ! » Puis elle a pressé sur le bouton de la poire — et la lumière fut dans la chambre, le soleil sur son visage.

Elle est restée là, considérant ce petit objet en bakélite qu'elle tenait dans sa main et qui pouvait illuminer le monde. Et sa joie était mouvante, avait le friselis de la mer quand la sillonne le premier rayon de l'aurore, de vague en vague, de l'horizon à l'horizon. Et j'aurais juré la voix d'une mouette quand elle s'est exclamée :

— Il est là !... Le magicien est venu !

— Éteins maintenant, a dit Nagib en éclatant de rire.

— Quoi ?

— Presse de nouveau sur le bouton.

Machinalement elle a obéi et, sans transition aucune, elle fut la nuit. La détresse. Comme si tous les nerfs de son visage, sous la peau, eussent été tranchés d'un seul coup.

— Oh ! il est parti, dit-elle d'une petite voix désolée. Il est parti !

— Allume et il reviendra. Vas-y, n'aie pas peur.

L'après-midi touchait à sa fin, l'horloge avait tambouriné les heures, les cris vespéraux des mendiants montaient vers le ciel, aussi ardents que l'appel à la prière — elle était toujours là, à la même place, debout et passionnée, pressant toutes les deux secondes sur la poire électrique et répétant comme un disque rayé :

— Allume-éteins !... Allume-éteins !... Allume-éteins !...

— Et maintenant, conclut Nagib en faisant craquer ses doigts, si on allait voir cette radio ? hein ?

— Attends.

D'un bond, elle fut dehors, courut de chambre en chambre, alluma toutes les ampoules, les abat-jour, les lustres. Les éteignit. Les ralluma. Battant des mains, dansant à pieds joints.

— Allume-éteins !... Allume-éteins !...

— Allons, viens voir la radio.

Elle alla d'abord revêtir sa robe d'apparat, brodée et raide de fils d'or, se parfuma au jasmin et, quand elle entra

dans le salon, ce fut comme si elle le voyait pour la première fois de sa vie. S'assit sur les talons, les aisselles sur les genoux et le menton dans ses mains, dans l'attitude qui lui était familière, faite de gravité et d'incompréhension totale, lorsque mon père entreprenait de lui expliquer, preuves en main, la différence entre une pièce de monnaie et un billet de banque.

Nagib tourna les boutons du récepteur, régla le volume, une voix hurla :

— Blé dur 180, blé tendre 213, fenugrec[1] 31, millet 20.

Suivit une musiquette. J'en profitai pour demander à ma mère :

— Eh bien, qu'en penses-tu ?

Si elle pensait quoi que ce fût, elle ne m'en dit rien. Ne bougea pas, ne m'entendit même pas. Le rêve l'habitait à présent, coulait dans ses veines, avait la fixité de son regard.

— Et maintenant, mes chers auditeurs, voici notre bulletin météorologique. Une zone de haute pression venant des îles Canaries se dirige vers le sud de notre pays... Températures relevées sous abri à 16 heures : Fès 28, Casablanca 29, Marrakech 34...

Nagib me fit un clin d'œil et nous quittâmes le salon sur la pointe des pieds. Sans un mot, nous fîmes nos devoirs, puis une partie amicale de poker qui se termina par une bagarre de muets. Comme mon père était en voyage, nous fîmes également un dîner improvisé dans la cuisine : du pain d'orge et du miel pour mon frère, des œufs coulants pour moi. Deux ou trois fois, Nagib monta, brandissant un gigot de mouton comme une massue. Et, chaque fois qu'il redescendait, il secouait la tête : « Chut ! elle écoute le sermon du vendredi... Elle est au théâtre... Au concert... »

1. Plante aromatique dont la graine sert à la fabrication du mélange d'épices marocain ras-el-hanout.

— Elle a mangé?

— Non, c'est moi. Un coup de dent en passant. Ce serait malheureux de perdre cette belle viande, hein?

À minuit, la voix radiophonique dit:

— Bonsoir, mesdames... Bonsoir, messieurs. (Et se tut.)

— Bonsoir, monsieur le magicien, lui répondit ma mère. Dors bien, fais de beaux rêves.

— Pas de puces, pas de punaises, ajouta Nagib. Et maintenant, maman, tu veux manger quelque chose? Il y a encore pas mal de viande sur cet os. Ou je te fais six œufs sur le plat avec des cornichons comme tu les aimes? Hein, petite maman?

— Baisse la voix, idiot! Tu vas le réveiller. Tu ne l'entends pas ronfler, le pauvre?

C'était vrai: la radio ronflait. Je coupai le courant.

C'est ainsi que le «magicien» s'installa dans la maison et l'anima du matin au soir. Déclamant, chantant, criant, riant. Ma mère était persuadée qu'il s'agissait d'un être vivant, en chair et en os, une sorte d'érudit doublé d'un devin qui avait beaucoup voyagé, beaucoup appris et, tel Diogène[1], se cachait dans une caisse à l'abri des horreurs de ce monde. Afin de nous départager, elle l'appela Monsieur Kteu. D'ailleurs, elle n'eût pas su prononcer d'un jet son nom en entier: Monsieur Blo Punn Kteu — encore moins Bla Upunn Kteu.

Elle dialoguait avec lui, l'approuvait, n'hésitait pas à l'interrompre:

— Comment dites-vous, Monsieur Kteu? Voulez-vous répéter, s'il vous plaît? Je n'ai pas bien entendu... Oh! Non, Monsieur Kteu, là vous vous trompez. On vous a mal renseigné: je vous assure qu'aujourd'hui il n'a pas plu du

1. Philosophe grec (410-323 av. J.-C.), dit le Cynique, caractérisé par son mépris des conventions sociales.

tout... Mais vous ne pouvez pas être partout à la fois, n'est-ce pas ?

Monsieur Kteu devint pour elle l'homme qu'elle avait toujours attendu : le père qu'elle n'avait jamais connu, le mari qui lui récitait des poèmes d'amour, l'ami qui la conseillait et lui parlait de ce monde extérieur dont elle n'avait nulle connaissance. Quand vint la Seconde Guerre mondiale, elle était là, fidèle au poste. Attentive à toutes les souffrances, comptant les coups, à traits de crayon gras sur sa planche à lessive. J'étais au lycée où j'étudiais l'humanisme et les humanités. Elle était là, dans cette maison-tombeau, apprenant la vie.

— Ce n'est pas vrai, Monsieur Kteu, disait-elle. Il ne faut pas croire tout ce que dit ce Monsieur Hitler. Il n'a pas pu couler deux mille huit cent quatre-vingt-quatre bateaux en un mois. Ce n'est pas possible.

Monsieur Kteu ne l'entendait pas. Il n'avait pas le temps. Il était lancé comme un speaker payé au cachet, aboyait des communiqués de guerre, rendait compte de toutes les batailles sur fond de marches triomphantes.

— Reposez-vous maintenant, lui disait tendrement ma mère. Vous en avez assez fait pour aujourd'hui. C'est une bénédiction du ciel que vous n'ayez pas attrapé une balle perdue.

Et elle éteignait le poste, apportait — oui, elle apportait à Monsieur Kteu à boire et à manger. Le lendemain matin, les plats étaient vides et elle était heureuse. C'était Nagib. Il se levait la nuit et se dévouait. Il devint de plus en plus grand et fort. Il ne fallait pas briser le rêve de notre mère.

Le brasero dont se servait ma mère avait été à l'origine un fait-tout en tôle émaillée, « *made in Germany* », avec des anses qui ressemblaient à des coquilles Saint-Jacques. Le grand âge l'avait pelé, tavelé de rouille par endroits. C'est là précisément que ma mère le perça de trous, à l'aide de ses ciseaux japonais.

Elle avait un tablier, qu'elle n'avait jamais aimé. Elle le déchira donc, à coups de dents, en lanières qu'elle enduisit d'une épaisse couche de terre glaise et qu'elle colla sur l'ustensile, intérieur, fond et extérieur, comme des bandelettes de momie.

Le séchage se fit d'abord au clair de lune, sur la terrasse, dix nuits durant. Le soleil africain fit le reste. Il durcit la glaise jusqu'à la fin des temps. Ce fut Nagib qui monta et redescendit le brasero, tant il était lourd. De la pointe de son couteau de poche, il grava la marque de fabrique : *Made in Casablanca, Morocco. By Mummy.*

Ai-je parlé du rouge à lèvres que fabriquait ma mère ? Elle pilait et faisait macérer des pétales de coquelicot dans de l'eau de rose : une pâte assez liquide dont le thème était le rouge avec toutes ses variations. Ce jour-là, elle trempa le petit doigt dans le bol de faïence qui contenait le rouge à lèvres et, gravement, elle dessina une fleur sur le brasero.

Un vieux mouchoir imbibé d'huile d'olive servit de mèche, qu'elle plaça au fond du brasero, juste au milieu. Par-dessus, elle disposa en dôme quelques morceaux de charbon de bois, un par un, avec des espaces d'aération. Elle fit craquer une allumette, la laissa tomber sur la mèche. Un instant, il s'éleva une flamme orange et grésillante. Je ne vis plus rien ensuite, à cause de la fumée.

Si ma mère toussa? Oui. À se fendre les poumons. Mais elle resta là, accroupie face à son œuvre. Jamais elle n'abdiquait. Je la voyais comme à travers le brouillard qui tombe en novembre sur le lac Beauport, Canada. Entre deux quintes, elle soufflait sur le feu, de toutes ses forces. Je voulus l'aider, mais elle me dit : « Laisse-moi faire ! » Quand la fumée se fut dissipée, elle avait les yeux rouges, coulants de larmes. Plus brillants que la braise.

Je veux dire qu'elle alluma le brasero ce jour-là et une fois pour toutes. Jamais il ne s'éteignit. De temps à autre, en passant, au fil des années, elle y ajoutait un morceau de charbon, parfois deux ou trois, machinalement. La glaise avait tant absorbé la chaleur et pendant si longtemps qu'elle finit par devenir une terre réfractaire. Une bouilloire chantait sitôt posée sur ce brasero — qui depuis lors servit à n'importe quoi : pour cuisiner des plats mijotés longuement ; pour allumer les cigarettes de Nagib ; cendrier où les mégots brûlaient avec un sifflement et une belle flamme bleue le jour, violette la nuit ; cheminée du soir et du rêve : ma mère y jetait nos vieux cahiers, les vieilles factures de mon père, tous papiers qu'elle ramassait sous nos lits, à genoux. À genoux, mains jointes, la clarté des flammes sur son visage, elle était là, immobile, regardant, à travers êtres et choses, assoiffée d'eau, assoiffée de liberté et de vérité, un monde vers lequel elle se dirigeait depuis toujours en tâtonnant dans les ténèbres. Assoiffée, qui donc avait calmé sa soif ?

Tombée, qui l'avait relevée? Et qui lui avait montré le chemin de ce monde qu'elle cherchait désespérément?

Sa vie était comme un puzzle. Sa vie intérieure qu'elle essayait de faire correspondre à la vie sociale qu'on attendait d'elle — mère et épouse. Tout ce qu'elle pouvait toucher, sentir, voir, entendre, goûter et aimer, elle l'assimilait aisément, l'adaptait à sa personnalité — ce qui était à sa mesure. Le reste, elle le rejetait. Tout ce qui risquait de bouleverser, non pas sa vision du monde, mais sa *sensibilité du monde*. Un jour, je ferai parler les objets.

Son rythme était lent, très lent, le rythme même de la terre. Fœtal. Toute précipitation de la vie ou de l'Histoire la faisait déserter aussitôt. Cela ne la concernait en rien. Elle n'en était pas tributaire. Venant de l'extérieur (évolution de ses enfants, produit de la civilisation, événement inattendu), tout ce qui touchait directement son monde, elle commençait par le *désénerver*, comme elle désénervait les situations et les êtres.

Et cela était ainsi : cet événement ou ce nouveau produit était-il vraiment nécessaire à sa vie? Ou bien superflu, de valeur momentanée et non permanente? Et pouvait-il trouver sa place parmi les morceaux du puzzle sans remettre en question toute une échelle des valeurs? Je vous dis qu'un jour je ferai parler les objets. Inventions de l'homme. En lutte contre lui.

La cuisinière. Une de ces antiques cuisinières en fonte avec des plaques qu'il fallait dérouiller, polir et graisser. Pourquoi mon père l'avait-il achetée? Symbole de cette civilisation dans laquelle il existait en complet-veston. Moderniste d'objets, non d'idées. C'est un crime de juger, je le sais. Mais déjà je jugeais. La différence était trop aiguë entre lui et ma mère.

« *Voici un nouvel élément pour ton puzzle. Je te l'octroie.*

Fais-le entrer de force. Quitte à détruire le puzzle tout entier. Et sois heureuse. »

Ce que fit ma mère de cette cuisinière qui pesait 227 kilogrammes ? Elle la lava à grande eau. L'essuya, la cira avec de la graisse de bœuf. Et, si je ne l'avais arrêtée, elle l'eût peinte à la chaux. Elle n'a jamais aimé la couleur grise — les gens gris, les sentiments gris. Pendant des jours et des jours, elle la contempla sans lui adresser la parole, comme s'il se fût agi d'un voyou. Puis elle la bourra de charbon. L'alluma. C'était la nuit de Noël.

C'était la première fois que j'entendais parler de la fête du Christ. J'avais douze ans. Bonjour, François ! Je ne t'ai jamais oublié. Un camarade nommé François m'avait demandé ce jour-là :

— Qu'est-ce qu'il va t'apporter, le père Noël ?

— Je te ferai remarquer que mon père ne s'appelle point Noël. (J'avais appris le français dans le Littré, mon livre de chevet.)

— Quel branque[1] ! Non, mais quel branque !

— Que signifie le terme branque ?

— Branque, connard, bouché à l'émeri !

— Ah bon ! Je comprends. (Je ne comprenais rien du tout. Ces expressions n'étaient pas dans le Littré.)

— Blague à part, qu'est-ce qu'il va t'apporter ?

— Qui ?

— Le père Noël, pardi !

— Qui est le père Noël ?

Il m'expliqua. J'étais né dans un monde de Coran, je savais la Passion de Jésus. *Béni le jour où Il naquit, et béni le jour où Il mourut — et béni le jour où Il ressuscita d'entre les morts !* enseignait le Coran. François m'expliqua le reste, autrement important. La fête des enfants. L'arbre de Noël. Mon beau

1. Imbécile, nul.

sapin, roi des forêts. Les souliers dans la cheminée. Des jouets par milliers. La dinde aux marrons.

Mon père n'a jamais lésiné. Tant que j'obtenais de bonnes notes, il me donnait de l'argent de poche. De quoi faire rêver un habitant du Bangladesh. Ou me faire rêver, moi — maintenant. C'était un théorème de son échelle des valeurs.

Je portais des chaussures de tennis. J'achetai donc des souliers en cuir, capables d'attirer l'attention du père Noël. Je battis les rues et les boulevards de la ville à la recherche d'un sapin.

— Un quoi? m'ont dit les commerçants. Qu'est-ce que tu racontes?

— Je voudrais un sapin.

— Et c'est quoi, un sapin?

Vers le soir, je fis l'acquisition d'une branche de palmier-dattier et d'un brin de mimosa. Ma mère m'accueillit avec des yeux pailletés de diamants.

— C'est pour moi? Pour moi? Oh! Comme je t'aime! Je n'ai pas vu une seule fleur depuis ma naissance.

Elle cloua la branche de palmier sur la porte de la cuisine, mit le mimosa dans ses cheveux. En montant dans ma chambre, une boule m'accompagna de marche en marche, qui me crispait le ventre.

Cette nuit-là, je veillai avec des mots. Oui. Feuilletant mon dictionnaire; un in-octavo d'Erckmann-Chatrian[1] qui avait le poids d'une dalle en grès et qui chantait l'Alsace, la neige et les cigognes en termes lumineux; un roman policier d'Agatha Christie racontant les exploits d'une adorable vieille fille anglaise qui, au milieu de crimes commis avec

1. Il s'agit de deux écrivains alsaciens (Émile Erckmann, 1822-1899, et Alexandre Chatrian, 1826-1890), qui ont écrit ensemble des contes et des romans inspirés des traditions populaires de leur région.

tact et dignité, préparait du thé pour un certain Mr. Christmas. L'imagination prêtant forme et consistance aux cartes géographiques, j'écrivis même des poèmes qu'aucun éditeur par la suite n'a voulu publier — et pourtant ils s'élançaient à la découverte des Alpes, de l'Himalaya, du père Noël et de son traîneau tiré par des rennes.

Quand les bruits de la maison se furent estompés au sein de la nuit, quand la dernière porte eut claqué, je comptai jusqu'à cent, puis jusqu'à mille — et descendis, mes souliers neufs à la main, en fredonnant mentalement : *Petit papa Noël, quand tu descendras du ciel...*

Elle était encore là, dans sa cuisine, me regardant dans les ténèbres. Elle ne me laissa pas m'expliquer, me chassa tout de suite à coups de torchon.

— Qu'est-ce que tu fais là ? Veux-tu aller te recoucher ?

J'allai me recoucher. Les yeux ouverts. Luttant contre le sommeil en inventant des questions stupides : quel âge avait le père Noël ? Était-il marié ? Pourquoi s'occupait-il des enfants des autres ? Il n'en avait pas, lui ? Comprenait-il le marocain ? À défaut de cheminée, pourrait-il descendre par le tuyau de la cuisinière ? Et quel était donc son prénom ? Francis ? Antoine ? Driss ? À propos, quel était celui de Vercingétorix, mon ancêtre gaulois ?...

Notre voisin était un boulanger. Il avait un coq que personne n'avait jamais vu mais dont tout le monde connaissait la voix de tribun. Il ne réveillait pas seulement son propriétaire, à trois heures très exactement, été comme hiver. Il n'avait de cesse qu'il n'eût réveillé tous les autres coqs de la ville — et les poules, mères de famille comprises, les canards, les moutons, les chiens, les chevaux — les humains. Ensuite, jusqu'à la nuit suivante, il se rendormait d'un bon sommeil de gallinacé. Bien des gens voulaient sa peau, en particulier Nagib. C'est ainsi qu'il prit goût aux cigarettes. Il en fumait tout un paquet, au milieu de la nuit.

Le muezzin du quartier, homme pieux et colérique, allait par rues et ruelles, lançant des imprécations contre ce siècle impie et contre ses compatriotes qui se détournaient de la religion. Parce que aux premières lueurs de l'aurore, quand il montait au minaret pour lancer son appel à la prière aux quatre coins du ciel, tout le monde était déjà debout, réveillé depuis longtemps par ce coq fou furieux qui n'avait appelé qu'à la joie de vivre. Hommes, femmes et enfants étaient d'une telle humeur de chien que personne ne faisait sa prière, excepté les dévots professionnels et les sourds. À quoi servait donc la mosquée? « *Bande de choses!* » clamait le muezzin. *Quand vous serez dans l'autre monde, vous boufferez des cailloux. Bande de choses!* »

Toute mon enfance, j'ai vécu avec le chant de ce coq. J'enfonçais des boules Quiès dans mes oreilles, mais son aubade triomphale et les vagues cacophoniques qu'il déclenchait de poule en cheval et de quartier en faubourg traversaient les boules de cire. L'âge tendre aidant, je me rendormais presque aussitôt, soulevé et bercé par les hennissements, les bêlements, les aboiements — et les vociférations des êtres humains réveillés en sursaut.

Cette nuit-là, je n'attendis pas le chant du coq. J'avais une montre suisse, d'une grande précision. À trois heures moins dix, je descendis dans la cuisine et enfournai mes chaussures dans le four de la cuisinière.

J'avais tout prévu, sauf un léger détail indépendant de ma volonté. Ce fut précisément cette nuit-là, juste après le rugissement du coq, que ma mère prit la résolution d'allumer la cuisinière.

Nous la trouvâmes dans une fumée d'enfer, armée d'un balai et d'une serpillière. Hurlant:

— Qu'est-ce que c'est que cette invention du diable? Jetez-moi ça dehors! Je n'en veux pas! Je vous dis que je n'en veux pas!

Je ne m'écriai pas : « Mes souliers ! mes souliers ! » Mais je le pensai ferme. J'ouvris le four et y lançai un seau d'eau. C'est ainsi que le père Noël m'apporta des semelles et des empeignes calcinées, en guise de jouets. Et un rire viscéral qui me secoua des pieds à la tête gagna Nagib comme une tempête en mer, galvanisa ma mère qui rit plus fort et plus longtemps que nous et qui, toutes les dix secondes, s'exclamait avec des hoquets :

— Mais qu'est-ce qu'il y a ?... Qu'est-ce qui vous fait rire ?...

J'ai dit que cette cuisinière, elle l'alluma une seule fois. Mais elle ne l'abandonna pas à son sort. Non. Elle la gratta, la nettoya, la peignit en jaune citron avec des motifs rouge sang qui étaient des fleurs, des arabesques, des étoiles. Elle y rangea ce qu'elle appelait ses trésors : ses flacons de parfum, le bol qui contenait son rouge à lèvres, des coquillages que je lui rapportais de la plage, une poupée de chiffon, un miroir en acier poli, le fer à cheval qui pouvait conjurer le sort.

L'instinct vainquit la science, le primitif rendit des points à la civilisation métallurgique. Le vieux brasero était là — il souriait. Un sourire philosophique, plein de modestie. Édenté, chenu, arthritique, il continua d'exercer les fonctions qu'il avait toujours assumées, sans faire la grève, sans réaction sociale ou politique.

5

C'était un fer à repasser, en acier chromé et brillant comme la joie. Électrique. Habituée aux plaques en fonte, ma mère le mit sur le brasero. Pour le chauffer. Si la résistance grilla, personne ne l'entendit. Les produits de la technologie ont-ils une âme ? Je l'ignore. Ce que je sais, c'est que ce fer à repasser ne dit rien quand il mourut, ne poussa pas un cri de douleur. Ce jour-là, je commençai à comprendre le Zen et le yoga dont parlait mon père.

Mais, même cuit, il repassa toute une pile de linge. L'Art survit à l'homme, n'est-ce pas ? Mû comme par un skieur, il glissa, glissa sur les serviettes, les draps, les mouchoirs, avec une aisance enthousiaste. Quand il eut fini sa tâche d'acier poli et civilisé, ma mère l'accrocha. À la prise de courant. Pensive, elle considéra le résultat. Puis elle secoua la tête et me dit :

— Tu vois, mon fils ? Ces Européens sont malins, ma foi, oui. Ils ont prévu deux trous, deux clous et un fil pour le suspendre après usage. Mais sans doute ne connaissent-ils pas les maisons de chez nous. Sans cela, ils auraient fabriqué un fil plus court.

En conséquence, elle fit un nœud au milieu du cordon. Pendu ainsi à la prise de courant, le fer arrivait à quelques centimètres du sol. Nagib fit :

— Ha, ha!... Hmmm!... Très bien, très très bien... Houhouhou!...

Je lui lançai une banane à la tête. Il dit:

— Quoi? quoi?... Ah oui! Ne t'en fais pas, mon petit. Je les ai bien cachés.

Il faisait allusion aux ciseaux de ma mère. Si elle les avait eus sous la main, peut-être eût-elle coupé le fil électrique? À l'époque, il n'y avait pas de disjoncteur et les fusibles étaient incapables de fondre en cas de court-circuit: ils étaient en cuivre rouge. Dans mon manuel de physique, un chapitre était consacré au secourisme. Téléphoner à la caserne de pompiers la plus proche. Pratiquer la respiration artificielle. Un croquis nous montrait l'électrocuté étalé sur le trottoir, son sauveur à califourchon sur son ventre, sous le regard vide de la tête de mort gravée sur la porte du transformateur entre deux tibias croisés et surmontés d'un éclair zigzagant.

Apprendre à ma mère les rudiments de l'électricité? En quelle langue? J'ai essayé de lui traduire les lois d'Ohm et de Faraday[1], en cherchant mes mots avec soin. Elle m'a dit, pleine de sollicitude:

— Voilà que tu bégaies à présent? Tu apprends trop. Ça se bouscule dans ta tête.

J'ai adopté une autre méthode. J'ai essayé de lui expliquer les théories en termes aussi concrets qu'une brique à neuf trous. Et, à partir de ces matériaux, de broder une histoire de fées et de brigands, à la manière orientale.

— Il y avait une fois un génie invisible...

— Comme Monsieur Kteu? m'a-t-elle demandé, les yeux brillants.

— Oui. Comme Monsieur Blo Punn Kteu. Donc ce génie

1. Noms des deux physiciens qui ont travaillé sur l'électricité.

luttait contre le diable, comme la lumière contre les ténèbres.

— Et alors? il l'a vaincu?

— Attends. Le diable avait éteint le soleil et la lune...

— Les étoiles aussi?

— Les étoiles aussi. Les cœurs, la joie, il avait tout éteint. Il faisait sombre, noir, c'était la désolation.

— Tais-toi. Tu me fais peur. Je n'aime pas du tout cette histoire.

— Mais le génie — il s'appelait Monsieur Ohm — mit dans toutes les maisons, dans toutes les villes des fils électriques: un positif et un négatif.

— Qu'est-ce que tu racontes?

— Je veux dire un fil animé par le Bien et un autre par le Mal. Et alors, quand ils se touchaient...

— Ce n'est pas vrai. Un génie ne peut faire que le Bien.

Je l'ai prise dans mes bras et j'ai conclu:

— Je t'aime, maman. Tu as raison.

Dix ans plus tard, je suis devenu ingénieur. Simplement pour comprendre la différence entre les êtres humains et les objets purement physiques. Et j'ai compris une chose: cette différence ne résiderait-elle pas dans la connaissance douloureuse de notre sort, et de notre impuissance devant lui — à travers toutes les formes de civilisation?

En 1940, quand on nous installa le téléphone, j'ai tenté de parler à ma mère de Graham Bell[1] et des faisceaux hertziens. Elle avait sa logique à elle — diluante comme le rire peut diluer l'angoisse.

— Comment? Je suis plus âgée que toi. C'est moi qui t'ai enfanté, et non le contraire, il me semble. Un fil, c'est un fil. Et un arbre égale un autre arbre, il n'y a pas de différence entre eux. Tu ne vas pas me dire que ce fil s'appelle

1. Ce Britannique (1847-1922) est l'inventeur du téléphone.

Monsieur Kteu, que cet autre s'appelle Fer à Repasser, et celui-là Monsieur Ben? Simplement parce qu'ils sont de couleurs différentes? À ce compte-là, il y aurait trois génies dans la maison? Et plusieurs espèces humaines sur la terre? C'est ça ce qu'on t'apprend à l'école?

Je me contentai donc de lui indiquer le mode d'emploi. Et la laissai au seuil de l'expression et de la communication humaines. Elle dit: «Allons-y!», souleva le cornet acoustique, le porta à l'oreille, tourna la manivelle du téléphone de toutes ses forces. Il y eut un chuintement, puis le bruit d'une demi-douzaine de sardines rissolant dans une poêle. Une voix de fer-blanc parvint jusqu'à moi, après avoir fait sursauter ma mère:

— Allô, ici le Central. Quel numéro désirez-vous?

— Le salut de Dieu soit avec toi, mon fils, dit maman. C'est la voix de la poste?

— Oui, c'est le Central.

— C'est la poste?

— C'est ça, c'est le Central. J'écoute.

— Je voudrais la poste.

— Vous avez le Central.

— J'ai demandé la poste.

— C'est la même chose.

— Ah!

— Quel numéro voulez-vous?

— Fès.

— Ne quittez pas.

Elle ne quitta pas, me rassurant d'un large sourire:

— C'est loin, Fès. À dix jours de cheval, au moins. Mais le génie galope comme le vent, tu vas voir. Les distances ne lui font pas peur... Trois minutes et il y sera... Qu'est-ce que je te disais? Allô! je suis à Fès?

— Cabine de Fès. J'écoute.

— Allô, Meryem? Tu as changé de voix...

— Qui demandez-vous? J'écoute.

— Moi aussi.

— Comment?

— J'écoute, moi aussi. C'est toi, Meryem?

— Vous avez demandé Fès?

— Oui.

— Quel numéro?

— Écoute, ma fille, et tâche de comprendre. Voilà: je voudrais parler à ma cousine. Je ne l'ai pas vue depuis quinze ans.

— Quel numéro? Elle est abonnée?

— Alors, je ne sais pas.

— Il me faut un numéro.

— Écoute, ma fille, je vais t'expliquer, ouvre bien tes oreilles et je prierai pour toi. Ma cousine s'appelle Meryem. Elle a des yeux verts comme l'herbe du pâturage, la peau blanche comme du lait...

— Allô! allô!... Écoutez-moi...

— Écoute-moi d'abord, toi. Tu vois le tombeau de Driss Ier? près de l'université? Eh bien, tu descends la première rue à main droite, tu traverses le quartier des Ciseleurs et tu arrives devant un portail à double battant. C'est là, tu ne peux pas te tromper, ma fille.

— Allô! allô!

— À cette heure-ci, elle doit faire des petits pains à l'anis. Sûrement. Crie fort pour l'appeler, elle est dure d'oreille, et dis-lui de venir vite, que sa cousine l'attend à l'autre bout du monde... Merci, ma fille, je t'embrasse, je bavarderai avec toi un autre jour, mais tu comprends? Il y a quinze ans que Meryem et moi nous sommes séparées...

Et elle obtint sa cousine un quart d'heure plus tard, lui parla comme seule ma mère pouvait le faire, sans aucune notion de temps, évoquant des souvenirs, éclatant de rire, demandant des détails et des descriptions très précises

— et comment allait le chat de son enfance qui avait des taches rousses et ne mangeait que des légumes?... Oh! Le pauvre Belzébuth! Dieu ait son âme! Je suis sûre qu'il est en train de miauler avec les anges du Paradis... Comment dis-tu? Six enfants? Aha! Trois garçons et trois filles? Je ne le savais pas, Meryem... Parfaitement! Les miens apprennent des langues barbares... Ils ont une bouche française, un nez grec et des yeux anglais... C'est à peine si je les reconnais, moi leur mère... Dis-moi, cousine, tu te rappelles cette légende de Salomon... Tu sais bien: le génie qui parlait avec la voix du tonnerre?...

Elle téléphona jusqu'à la nuit tombante, racla les souvenirs communs comme une écuelle raclée par une mendiante obsédée de paradis et de nourritures oubliées, s'informant de la vie et des vies de sa ville natale, lointains parents, descendances, maisons, faits divers, couleur du ciel, murmure du fleuve et des sources; donnant à Meryem les nouvelles les plus invraisemblables de notre quartier, de Casablanca, du monde entier, un fondu enchaîné des événements internationaux, citant la source digne de foi: Monsieur Kteu... Comment, tu ne connais pas Monsieur Kteu? Oh! Ma pauvre... Non, je ne peux pas le réveiller maintenant, il fait la sieste...

De temps à autre, régulièrement, comme un refrain aigu, s'élevait la voix de la téléphoniste:

— Vous avez terminé?

La voix de ma mère la couvrait aussitôt:

— Comment? Non, je n'ai pas terminé. Tu m'interromps tout le temps. Et puis, je vais te dire, ma fille: ce n'est pas bien d'écouter notre conversation. Ta mère ne t'a pas appris les bonnes manières?

— Mais, madame, vous avez la ligne depuis plus de deux heures. Quarante-deux unités déjà. Ça va vous coûter une fortune.

— Quoi? Quoi? Parce qu'il faut te payer pour que je parle? En quel siècle vivons-nous? Qu'est-ce que je t'ai demandé après tout? D'aller chercher ma cousine, tout simplement. Et tu me demandes une fortune pour ça? Tu entends, Meryem?...

Mon père paya la communication. Il régla sans y faire allusion toutes celles que maman obtint par la suite. Chaque fois que je revenais du lycée, je la trouvai au salon, couverte par la voix multiforme de Monsieur Kteu comme par une marée montante, mais elle était calme et souriante, le regard vif, sirotant du thé à la menthe et dialoguant à toute vitesse et toute joie avec l'une de ses innombrables correspondantes. Des gens qu'elle n'avait jamais vus, à qui elle avait téléphoné n'importe où dans le pays, le plus naturellement du monde, et qui étaient devenus ses amis.

Toutes les opératrices la connaissaient à présent et elle les connaissait aussi, les appelait par leur prénom, s'informait de leur santé, de leurs peines et de leurs espoirs. Elle était capable de m'enseigner la géographie humaine bien mieux que ne l'avaient jamais fait mes livres ou mes professeurs. Sans quitter sa maison, elle avait établi un réseau inextricable de liens, qui s'enchevêtrait de jour en jour, mais où elle évoluait comme un poisson dans l'eau. La rupture de sa solitude, d'autres solitudes vieilles depuis des siècles. Les relations humaines avant la lettre. Et un journalisme oral et vivant. Très efficace.

Au bulletin du soir, quand le speaker donnait les informations régionales, ma mère le précédait d'une courte tête:

— Et maintenant, je parie que tu vas annoncer l'incendie qui s'est déclaré à dix heures du matin au quartier des docks... Haha! Qu'est-ce que je te disais, Monsieur Kteu?

6

Elle faisait la sieste dans le patio, la tête couverte d'un châle, près du bananier étique et rouillé qui n'avait jamais enfanté le moindre fruit, mais qui donnait de l'ombre. Avec une règle graduée et un compas, je lui mesurais le pied afin de calculer sa pointure. Nagib inscrivait les chiffres sur le mur.

— Longueur : 22 centimètres.

— C'est noté, petit loustic.

— Largeur du cou-de-pied : 9.

— 9.

— Largeur du talon : 5 centimètres.

— 5 centimètres. Après ?

— C'est tout. Trace un trait et fais une belle addition.

— D'accord ! À la grâce de Dieu !... Hé ! Dis donc, petit loustic, tu ne t'es pas trompé quelque part ?

— Comment ça ?

— Je trouve 36. Tu ne vas pas me dire que son pied mesure 36 centimètres ? Je pourrais fermer la main dessus, voyons !

— Je te parle de sa pointure, cervelle de haricot sec. Elle chausse du 36.

— Aha !

Il n'était pas tout à fait convaincu. Je le voyais bien à sa

façon de se gratter le haut du crâne, d'un index très poin-
tilleux. En sortant, il ramassa une babouche de ma mère et
la mit dans sa poche.

Le quatorzième magasin de chaussures où nous entrâmes
avait ce que nous cherchions depuis le début de l'après-
midi : le genre de souliers qui pouvait plaire à ma mère,
cuir, couleur et forme — et un homme compréhensif, à
cheval sur deux civilisations que traversait le commerce au
triple galop, et capable de convertir d'un seul coup d'œil
une pointure de babouches artisanales en pointure de chaus-
sures manufacturées. Il avait un béret vissé sur la tête, des
dents en or, une panoplie de stylos agrafés à la pochette de
son veston. Un sourire de député.

— Moi, votre ami, votre père, hein ? Maison fondée en
mil et neuf et cent et dix-neuf, sérieuse, honnête, garantie,
même famille de père en fils, jamais d'histoires, je jure.
Qualité premier choix extra, prix de gros, attention ! Regar-
dez ça, mes amis, hein ! Pour une princesse. Vous cherchez
dans toute la ville, dans la France, dans le pays des Alle-
mands, chez les Grecs, vous ne trouvez pas, hein ? Y a pas
pareil ! Ventre de crocodile qui tétait encore sa mère, cousu
main, attention ! Tâtez, tâtez, c'est doux, hein ? Solide,
super-luxe, je jure !...

Nagib fit non de la tête. Moi aussi. Nous n'avions pas
besoin de crocodiles, vivants ou morts ou en morceaux. Ce
que nous voulions, c'était le modèle qui était exposé là,
dans la devanture. Des brodequins[1] à hauts talons, rouges,
vernis, où les rayons du soleil couchant se reflétaient comme
dans un miroir. Ils nous avaient hélés de très loin, depuis le
coin de la rue, tel un phare. Je voyais déjà ma mère avec des
pieds lumineux. C'était ce qu'elle aimait. La joie partout,
fût-ce à la semelle de ses souliers.

––––––––––

1. Chaussures montantes.

L'homme au béret dévissa son béret. S'en éventa en nous considérant d'un air solennel. Nous fit un bon prix, un paquet enveloppé de papier de soie, avec un ruban rouge assorti et deux cadeaux : un chausse-pied en métal et une longue poignée de main. Nous regarda partir, debout sur le seuil et se curant l'oreille. Il ne souriait plus du tout : la devanture de son magasin était devenue si terne.

Nous achetâmes également une robe, avec beaucoup de palabres. La vendeuse nous posait toutes sortes de questions comme si nous étions des enfants perdus dans un bois et Nagib avait les yeux hors de la tête.

— Madame ou mademoiselle, conclut-il en détachant les syllabes (parce qu'il mâchait en même temps du chewing-gum), écoutez donc : ce n'est pas une robe du soir que nous voulons, pas du tout ! Ni une robe de cocktail. D'ailleurs, je ne sais pas ce que c'est. Ce serait pour moi ou pour mon petit frère, nous prendrions un pantalon et un blouson les yeux fermés. Mais ce n'est pas pour nous. C'est pour une femme comme vous n'en avez jamais vu à un siècle à la ronde. Et elle a du goût et ses idées, je vous l'assure. Et je l'aime plus que ma peau. Ce que je désire pour elle, c'est une robe. Une robe, quoi ! Simple et pure comme elle. Elle n'a pas besoin de fanfreluches pour être ce qu'elle est. Donc pas de décolleté, à col montant, avec des manches longues jusqu'aux poignets et des boutons, des fleurs ou des oiseaux, dans un tissu gai et sérieux à la fois, toute droite, tombant jusqu'aux chevilles. Quant à la taille, ce n'est pas compliqué : à peu près à cette hauteur-ci (il désigna son nombril) et maigre comme mon frère (il me donna une bourrade). Vous avez ça ou vous ne l'avez pas ?

Elle l'avait. Elle l'enferma dans un carton, très vite. Elle dit :

— Et avec ceci ? Des gants ?

Je dis :

— Non. Un chapeau. Mais ce n'est pas la peine de cher-cher : le genre de chapeau qu'elle consentirait à porter n'a pas encore été inventé.

— C'est ça, ajouta Nagib. Nous reviendrons vous voir en avril 1972. Promis.

Le lendemain était un dimanche. Ce jour-là, mon père le passait à la ferme, à une dizaine de kilomètres de la ville, face à l'Océan. En compagnie d'une horde de chevaux sauvages, de quelques hectares de blé, d'orge et de tomates, de cactus séculaires — et d'une solitude vaste de l'horizon à l'horizon, sonore depuis le refrain acéré des grillons jusqu'aux battements de tambour de la mer, sous le dôme du ciel flambant de millions de soleils.

Nous l'entendions partir à l'aube, dans son tilbury[1] attelé d'un alezan : le pas du cheval était allègre, les clochettes de son licou étaient si argentines ! Quand il revenait à la nuit tombante, nous le savions de loin : ciel et Océan avaient comme rempli ces clochettes d'azur et d'écume, qui tin-taient au retour avec la voix d'une multitude d'émeraudes. Et le cheval que je dessellais dans la remise attenante à la maison ne me regardait pas, ne regardait même pas sa mangeoire : il pensait encore, penserait toute une semaine à ses frères les chevaux libres. Je dis : pourquoi pas ma mère ? J'ai dit à haute voix, nuit après nuit, la tête dans mon oreiller : un jour les êtres humains aussi seront libres. Nagib ne disait rien : il buvait de la bière avant de s'endormir.

L'aube n'avait pas encore dissous les monstres que nous étions debout, mon frère et moi. Nous réveillâmes maman, lui préparâmes son petit déjeuner, la coiffâmes, l'habillâmes, la chaussâmes. Lui donnâmes son miroir en acier poli afin qu'elle pût juger de son propre effet — mais c'était dans nos yeux qu'elle se contemplait. Elle ne dit pas un mot,

1. Cabriolet découvert tiré par des chevaux.

saisie. Nous non plus. Nous ne la reconnaissions pas. Ce n'était plus notre mère à laquelle nous étions habitués depuis toujours, familière et rassurante, image, vitrail, stéréotype.

Grandie par les hauts talons, moulée dans cette robe longue à ramages, brusquement elle avait un corps de femme, brusquement nous découvrions qu'elle avait des jambes élancées, une taille fine, des hanches, une poitrine — toutes choses qui dans ses robes ancestrales, et surtout dans celles de sa confection, avaient été jusqu'à présent couvertes d'ignorance et de silence. Nous en étions comme gênés.

Tant qu'elle resta là, face à nous, immobile, ce fut une séquence temporelle où rien ne se dit, rien ne se commenta avec des mots ou des pensées, où tout fut ressenti de l'un à l'autre et l'un par l'autre et par nous trois ensemble. Ce fut moi qui esquissai un sourire et ce sourire s'élargit sur les lèvres de notre mère, gagna la face de Nagib. Lentement, lentement. Et, d'un seul coup, le rire nous libéra de l'émotion.

— Allez, dit mon frère, marche, ma petite maman. Fais quelques pas. Avance.

Elle avança d'un demi-pas. Faillit s'écrouler. C'étaient les hauts talons. Elle n'avait jamais porté que des babouches ou des mules, quand elle recevait des visites. La plupart du temps, elle était pieds nus. Elle dit, déçue :

— Ça ne va pas. Ce n'est pas pour moi.

— Essaie encore une fois. Tu vas t'habituer très vite. Allez, fais plaisir à tes enfants. Vas-y !

Elle nous croyait, voulait que nous fussions fiers d'elle. Elle se lança en avant. Battit l'air de ses bras, bascula en arrière.

Elle dit, au bord des larmes :

— Rien à faire. Ces souliers sont jolis, ma foi oui. Et j'aime leur couleur. J'admire ces Européens qui ont pu les

fabriquer. Mais ils ne connaissent pas les pieds de chez nous. Sans aucun doute.

Elle fit d'autres tentatives à mon bras, puis soutenue à la taille par le bras épais et velu de mon frère, puis toute seule. Tantôt, elle marchait penchée en avant comme un vieux loup de mer à la proue de son navire trouant le brouillard. Tantôt, elle se lançait de côté comme un ailier sur un terrain de rugby. Et elle sautillait, avait douze ou treize mois, un bébé faisant ses premiers pas dans l'allégresse générale :

— Allez, vas-y ! Bravo ! Bravo !

Vaincue, elle ôta ses chaussures, s'assit en tailleur et éclata en sanglots. Nagib frotta les poings l'un contre l'autre, renifla à petits coups, ramassa les brodequins, hurla :

— Pleure pas, maman ! C'est rien du tout. Je vais arranger ça, j'en ai pour cinq minutes. Et toi, espèce de cyprès dans un cimetière, ne reste pas là à attendre que Dieu fasse tomber la pluie du ciel et quelques idées. Va chauffer une théière à la créatrice de nos jours !

Quand il revint, les souliers étaient devenus plats. Il en avait scié les talons, chez l'un de ses nombreux camarades de vadrouille et de troc qui lui fournissait de la bière et qui avait la scie fine qu'il fallait pour ce travail de précision.

Dois-je dire que ma mère ne perdit plus l'équilibre, chaussée ainsi par la civilisation occidentale et revue et corrigée par la combine marocaine ? Dois-je ajouter qu'elle acquit une sorte de tangage ? Oh ! Léger, aérien, comme un voilier voguant au grand large. Et puis, elle avait presque retrouvé sa taille normale. N'eût été sa robe, elle redevenait notre mère. Ordinaire.

— Et maintenant, dit Nagib de sa voix de fonte, où est la clef ?

— Quelle clef ? demanda-t-elle.

— Cette corniaude de clef qu'on introduit dans la ser-

rure de la porte d'entrée et qui fait clic-clic : un tour à droite, c'est fermé ; un tour à gauche, c'est ouvert.

— Oui, dis-je. Nous t'avons préparé une petite surprise : tu vas sortir avec nous.

— Mais… Mais ce n'est pas possible…

— Si, c'est possible, dit Nagib avec tendresse. Qu'est-ce que tu crois donc ? Pourquoi t'avons-nous acheté cette belle robe, hein ? Et ces jolis souliers, hein ? Allez, mon petit frère, prends-la par un bras, je me charge de l'autre. Tu y es ? Un, deux, trois, partez !

Nous l'entraînâmes le long du vestibule.

— Mes enfants… Écoutez-moi, mes enfants…

— Non, madame. Je n'entends rien. Mon frère non plus. Hein, que tu as les oreilles bouchées, toi aussi ?

— Je suis sourd et je viens seulement de m'en rendre compte, répondis-je. Comme c'est curieux ! Je savais que Dieu m'avait fait naître avec des bouchons de liège enfoncés dans le creux de l'oreille, mais je n'y faisais pas attention.

— C'est comme moi, dit Nagib. J'ai des bouchons en ciment, haha !

Nous ouvrîmes la porte et fûmes dehors d'un bond, soulevant notre mère tel un manifestant en rébellion entre deux agents du maintien de l'ordre. Et sa voix passait en une seule et même phrase de l'aigu au grave, jusqu'au chuchotis :

— Mais que va dire votre père ?… Non, non, non, je ne peux pas… Pour l'amour de Dieu… Je vous en prie, mes enfants… Je n'aime pas le drame, il m'est étranger… Retournons vite à la maison… Vous savez bien que je n'en suis jamais sortie…

— Eh bien, dit Nagib en éclatant de rire, ça va changer. Tourne le dos à cette vieille maison et à ce passé croulant ! Marche, marche donc ! Regarde autour de toi, ouvre les

yeux que Dieu t'a donnés le jour de ta naissance. Ce monde est à toi aussi. Il fait beau, n'est-ce pas? Dis, petit loustic!

— Hmmm!

— C'est étrange, tu ne trouves pas? Tu as déjà vu ce quartier?

— Quel quartier? Oh! Celui-là?... Non, jamais vu. Il a dû pousser tout seul. Tu as entendu des ouvriers travailler cette nuit?

— Moi? Qu'est-ce que tu crois? J'ai dormi... Hé! Dis donc, et cette boutique? Tu la connais? (Il désignait l'épicerie où nous nous fournissions matin et soir.)

— Non. Sincèrement. Ils doivent avoir des grues et des machines qui travaillent en silence. Vive le progrès!

— Le soleil brille. Tu as déjà vu le soleil libre dans le ciel?

— Moi? Non. Je suis une espèce de prisonnier allant d'une prison à l'autre: de la maison au lycée et vice versa, et le reste du temps je cherche le soleil dans mes vieux bouquins.

Pendue à notre bras, à la façon dont elle marche et qui se communique à nos corps, résonances, elle n'est plus qu'ouïe et vue qui la dépassent, sensibilité qui la soulève. Les couleurs sont trop vives pour elle et l'ont comme *astigmatisée* dès le coin de la rue, mais elle continue de marcher, mécanique et frémissante, tête haute et dos droit, posant un pied devant l'autre, l'un après l'autre, faisant face non à des humains et à leur ville tentaculaire, mais à une bande de lions surgis dans la réalité de son rêve. Et elle n'avait pas peur, allait au-delà de la bataille. Et les rumeurs du bazar craquent au-dessus de sa tête avec orage, les mouvements de foules pleuvent sur elle comme une cataracte. Elle ne dit rien, elle marche. L'air de la liberté, un rayon de soleil tintant sur un plateau de cuivre, ce qui jadis a été, a pu être

son *moi*, sont choses à percevoir doucement, timidement, sans hâte ni intensité.

Derrière le marché couvert, il y a un parc. Le parc de mon adolescence où je faisais l'école buissonnière de temps à autre. Mon refuge. Le seul endroit où je pouvais lire les poètes qui m'ont nourri. Verlaine dans ce jardin n'eût pas écrit un mot. Peut-être. C'est là, voilà bien longtemps, que j'ai commencé à écrire. Parce que je ne vivais pas.

Sycomores, palmiers, cèdres, pins, eucalyptus, ma mère est allée de l'un à l'autre, a embrassé tous les arbres, à pleine bouche, les a étreints, leur a parlé. Et ils lui ont répondu, ont ri et pleuré avec elle — j'en jure par cet orchestre d'oiseaux qui chantaient le brasillement du couchant dans les cimes, entre ciel et terre, dans le concert des senteurs de thym, de terre et d'euphorbe. Tant de verdure ! Tant de verdure d'un seul coup ! Et toute cette liberté !

Nagib et moi, nous nous étions assis sur un banc, nous avions sorti un jeu de cartes et nous faisions une partie de poker, au ralenti, sans tricher, sans regarder une seule carte — les yeux attachés sur cette femme qui se déchaussait, se déplaçait sur la pelouse avec la légèreté d'un fantôme, vers le petit ruisseau, là-bas, qui *trillait* ses notes de perles entre les mimosas et les bourraches.

Ce fut là qu'elle s'assit, sur le gazon, les pieds dans l'eau. Et elle mangea de l'herbe, toute une poignée qu'elle arracha et mâcha, brin après brin, racines et humus compris. Et elle avait le regard étendu droit et loin devant elle, au-delà des massifs, des arbres et de l'horizon, derrière cet autre horizon qui s'était appelé son enfance. D'où elle avait émergé adulte à l'âge des jeux et des poupées. Poupée, on l'avait étranglée par la loi et dans le devoir. Et l'homme très intelligent qui l'avait épousée en pleine puberté, l'homme très efficace qui était capable de transformer un terrain vague en devises fortes et une civilisation pétrifiée en pétrole

jaillissant, l'homme conservé dans la saumure de son époque, dans la morale et dans l'honneur, n'avait fait qu'appliquer la loi. Religieusement. L'avait enfermée dans sa maison depuis le jour des noces et jusqu'à cet après-midi-là où nous l'en avions fait sortir. Jamais elle n'en avait franchi le seuil. Jamais elle n'en avait eu l'idée.

Les oiseaux se sont tus, les arbres ont frissonné dans une longue étreinte, la brise du soir montée du fond de la mer vient caresser toute mélancolie, toute colère — apaise êtres et choses. Nous avons ramassé nos cartes, sans chercher à savoir qui avait gagné la partie de poker. Nous sommes allés chercher ma mère, nous l'avons aidée à se relever. Mais, avant de le faire, elle a bu un peu d'eau du ruisseau, dans le creux de sa main.

Nagib lui a remis un soulier, moi l'autre. Comme nous quittions le parc, les réverbères se sont allumés soudain le long de l'avenue, entre ciel et terre. Nous avons remarqué alors sur la robe de ma mère une tache verte, imprimée par l'herbe où elle s'était assise.

7

C'était son premier secret. Elle le plia avec sa robe en la rangeant dans son coffre à linge. Si elle y fit allusion ce soir-là, à la fin du dîner — table desservie et verres de thé fumant —, ce fut malgré elle. Mon père était en train de parler de la culture maraîchère intensive et des engrais chimiques, de la « nécessité de repenser l'agriculture dans son ensemble en fonction de l'essor industriel, dans une société en pleine mutation ». À qui s'adressait-il ? Pas à ses enfants. Nagib et moi, nous devions nous intéresser à une seule chose : nos études. Et respecter le monde des parents que nous côtoyions à l'heure des repas, trois communions quotidiennes et silencieuses.

— Un corps expéditionnaire américain vient de débarquer dans notre pays, pour porter secours à ses cousins d'Europe et pour détruire d'autres cousins d'Europe. Une ère nouvelle commence. Quel que soit l'avenir, notre passé est terminé. Des hégémonies vont s'établir sur toute la terre. Une guerre n'est jamais philanthropique. Tout se paie, même un bienfait. Or nous que ce conflit gigantesque ne concerne en rien, quel va être notre sort une fois la guerre finie ? Au-delà des passations des pouvoirs, au-delà même de la politique, ce sont nos institutions séculaires, nos struc-tures sociales, notre conception du monde qui vont être

remises en cause, bouleversées sinon jetées à bas. Des vagues nouvelles, les générations montantes vont penser et agir, non en termes de civilisation ou de culture, d'humanité ou de bonheur, mais en termes d'économie violente et d'âpres marchandages, de rendement, de productivité, de grèves et d'oppressions...

Ma mère était assise en face de lui : son public. La tête droite et les yeux droits, brillants de bonne volonté — et c'était comme si le verre qu'elle portait à ses lèvres était plein à ras bord, non de thé, mais d'économie politique. Qu'est-ce que cela voulait dire ? De temps à autre, elle soufflait sur ce breuvage abstrait et bouillant avant d'en boire une gorgée, hochait la tête, approuvait, tandis que ses yeux devenaient de plus en plus grands, plus profonds. Elle dit :

— Les arbres aussi ?

— Quels arbres ? s'exclama mon père. En ai-je fait mention ?

— Oh non ! répondit ma mère avec une grande fraîcheur d'âme. Tu les as oubliés. Parle-moi des arbres. Comment font-ils pour se marier et avoir des enfants et chanter au soleil couchant ?

Par-dessus la table, il se pencha vers sa femme. L'ausculta du regard, visage contre visage.

— Voyons, de quoi exactement t'ai-je entretenue depuis un quart d'heure ?

— Je l'ignore, dit ma mère. Mais je sais que tu ne m'as parlé ni d'arbres ni d'oiseaux. Pas même d'un petit ruisseau.

— Ah ? Très bien. Parfait. C'est tout ce que tu as retenu ?

— J'en suis sûre.

— Moi aussi. Écoute, je vais te raconter une histoire : j'ai labouré un champ, j'y ai semé du blé et je récolte des mulots. Tu as bien compris ?

— Oui. Eh bien ?

— Quelle est l'explication de ce prodige ?

— Quel prodige ? répondit ma mère. Tout le monde sait que dans les champs il y a des mulots. Ils avaient faim, ils ont mangé le blé et ils se sont reproduits. Je suis bien contente pour eux. Mais je ne sais toujours pas comment font les arbres pour avoir des petits. Et qu'est-ce qu'ils mangent ?

Il y eut un silence vitrifié.

— Loué soit le Seigneur ! conclut mon père en se levant. Je vais me coucher.

Et cela fut ainsi : l'étonnement stria les lèvres de ma mère, la peine les fit trembler.

— Mais qu'est-ce que j'ai dit ? Qu'est-ce que j'ai dit ?...

— Rien, chuchota Nagib. Faut pas faire attention. Peut-être que l'an prochain, avec l'aide des Américains, il sèmera des mulots et récoltera du blé.

— Ou des arbres, dis-je à mi-voix. Mais en attendant, garde bien notre secret, n'en parle à personne. Sinon, il ne poussera que du vent.

— Voyons, mes enfants ! Je suis votre mère ! Ai-je déjà divulgué un secret ?

— Oh non ! m'écriai-je. Presque jamais.

— Seulement cinq ou six fois sur dix, dit Nagib. De temps en temps, quoi !

— C'étaient des secrets de rien du tout, protesta ma mère. Autant dire des détails. Pour les grands, les vrais secrets, je suis un tombeau et je suis enterrée dedans.

— Eh bien ! dit Nagib, restes-y jusqu'à notre prochaine sortie.

— Quand ? quand ?

— Bientôt. Bonsoir, petite mère.

Dès le lendemain matin, elle téléphona à sa cousine. Si elle parla de sa robe neuve, de ses souliers, du parc, de la

verdure, ce fut d'une façon détachée, objective, presque
marxiste[1] — quelque chose comme :

— Allô, Meryem ?... Dis-moi : de l'eau sans robinet,
venue de nulle part et courant comme un serpent de
lumière le long de l'herbe verte et des fleurs multicolores,
sur un tapis de sable et de petits cailloux, c'est quoi ?... Ah !
un ruisseau ?... Tu as déjà vu un ruisseau, toi ?... Écoute, ma
cousine ; il t'est arrivé d'apercevoir du haut de ta terrasse
de ces femmes d'Occident avec une robe collée sur elles
comme une peau artificielle et des chaussures à béquilles ?...
Ridicules, n'est-ce pas ?... Bien sûr que c'est joli, je ne dis
pas le contraire : des fleurs qui marchent sur leur tige...
Mais qu'est-ce qu'elles font donc toute la journée à aller
d'un magasin à l'autre ?... N'ont-elles pas de maison à elles ?
Elles sont perdues ou quoi ?... Oui, bien entendu, bien
entendu... elles vont et viennent en toute liberté, il n'y a
personne pour les surveiller... Mais il y a une chose que je
ne comprends pas : si elles ont tant de liberté, pourquoi
sont-elles si agitées ? pourquoi courent-elles dans tous les
sens ?... Un être libre est un être immobile comme un
arbre, ma foi oui... Et une maison sans murs et sans plafond,
ouverte au ciel, toute verte, et peuplée d'arbres et de fleurs,
c'est quoi ?... Aha ! un parc ?...

Et ce fut tout. Une discrétion mise à l'épreuve de jour en
jour, tenue en laisse d'heure en heure — prête à exploser.

— Allô, je suis à Tanger ?... Ma chère amie, oh ! comment
vas-tu ?... Il y a si longtemps que je n'ai entendu ta voix...
Six jours au moins... Y a-t-il un parc dans ta ville ?... Com-
ment ? Il y en a plusieurs ?...

Un matin, en classe de mathématiques, comme j'ouvrais
mon cahier de textes à la page du jour, je vis, dessinés là,
deux arbres, l'un gros et poussif, l'autre maigre comme

1. Marx est un philosophe et économiste allemand (1818-1883).

moi : les feuilles en étaient soigneusement détachées et quelques fleurs roses, jaunes, bleues étaient plantées à même le tronc. Entre les deux arbres, une silhouette : un rond pour la tête, quatre traits pour les membres, un œuf représentant le corps. Ma mère sans aucun doute. Elle souriait.

8

Il fallait brûler les étapes. Pour sa seconde sortie, nous l'emmenâmes au cinéma. Un de ces «Colisée» des quartiers populaires et d'avant-guerre où le spectacle était permanent de midi à minuit et se déroulait simultanément sur deux plans, double décor et double action: à l'écran et dans la salle. Surtout dans la salle. Les jeunes gens y venaient en bandes, avec des guitares (pour mixer les séquences romantiques), des pétards et des lance-pierres (pour les scènes de cow-boys et de bagarres), des cornets de cacahuètes, des claquettes, des sifflets — et une immense envie de s'amuser. Tout le monde fumait: du kif, du tabac, la pipe, le cigare et des herbes que je n'ai jamais pu définir.

Quand nous entrâmes, les spectateurs se levèrent d'un bloc. Jamais il n'y venait de femme. Ils étudièrent ma mère des cheveux aux chevilles, jaugèrent la taille gigantesque de mon frère de bas en haut et d'une épaule à l'autre — puis se rassirent, découragés, écœurés. Dans l'intervalle, il n'y eut que trois sifflements, je les ai comptés.

Les discussions reprirent, par groupes très animés, trouées de rires et de jurons: «Brelan, je te dis!... C'est pas vrai, Staline est comme nous, il est de notre race... Carré d'as... Tais-toi, tête d'oignon... Alors, elle lui a dit:

ôte ton genou... tu te rends compte ? ôte ton genou, hahaha !... »

Une voix mégaphonique qui ressemblait étrangement à celle de notre muezzin s'éleva :

— Ici, le directeur. Attention, attention, le film va commencer. Un film comme vous n'en avez jamais vu. Exclusivité mondiale. Superproduction en technicolor made in Hollywood, Amérique. J'ai dû le payer en dollars. Donc silence, mes chers compatriotes ! si-len-ce !... Et je vous préviens : si un seul projectile, bouteille de bière, tomate, pierre, orange pourrie, si un seul projectile atteint mon écran, je coupe la projection et je ne rembourse personne. Vous êtes d'accord ?

La salle rugit :

— D'accord, papa !

À côté de moi, un enfant joufflu cracha et jeta d'une voix de fausset :

— Envoie ton navet, pépé !

Les lumières s'éteignirent et il y eut comme une houle : « A-a-a-a-a-a-ah ! » Le « *Fils de Schéhérazade* » (tel était le titre du film) jaillit de l'horizon violet, traversa le désert sur un cheval du Far West, s'arrêta dans une oasis plantée de palmiers-dattiers d'un vert luisant, mit pied à terre, se montra à nous dans toute sa splendeur : des dents blanches sous une moustache mince, une veste de torero, un pantalon de corsaire.

— Qu'est-ce que c'est que cette ombre ? s'écria ma mère.

— C'est un prince oriental, dit Nagib. Le héros du film.

— Douglas Fairbanks Junior, lança une voix du fond de la salle. Un dur de dur qui manie l'épée et tombe les femmes en souriant.

— Non, monsieur, cria le joufflu. Errol Flynn.

— Tais-toi, lui dit ma mère, mais tais-toi donc !

Une mandoline attaqua une ritournelle, un rire de jument déchira la salle en deux, des pétards fusèrent aux quatre points cardinaux, tandis que deux cents mâchoires faisaient craquer des cacahuètes et que derrière les palmiers-dattiers surgissaient des Arabes à tête de Texans, tendant leurs arcs vers le Fils de Schéhérazade qui caressait l'encolure de son cheval.

— Attention, attention ! hurla une voix aiguë. Ils sont là, ils vont te tuer, retourne-toi, saute sur ton cheval et sauve-toi ! Vite, vite !...

C'était ma mère. Dans la déflagration de rires qui secoua la salle, je perçus une voix indignée :

— Regarde ce que tu as fait, ma tante ! Tu as crié si fort que le pauvre Douglas t'a prêté toute son attention au lieu d'être sur ses gardes. Il n'a pas entendu venir ses attaquants. Et maintenant, regarde-le : il est ceinturé, ligoté, fichu, quoi !

Ma mère s'était dressée debout sur son fauteuil et dans le tintamarre et la pénombre, dans la fumée de tabac épaisse comme un vieux nuage, elle répondait du tac au tac :

— Malappris ! vous êtes tous des malappris ! Et d'abord qui est-ce qui a commencé ? Si vous vous étiez tus au lieu de brailler comme des porcs, ce ne serait pas arrivé. À qui la faute, hein ? à qui la faute ?

— Allez, rassieds-toi, maman, dit Nagib. Calme-toi. Tout va s'arranger, tu vas voir.

Il n'en fut rien. Au contraire. Torse nu, sans un poil, les pectoraux huilés, les cheveux gominés et la moustache fière, notre héros était déjà attaché au pilori, au milieu d'une place publique grouillante de monde, et un Noir immense vêtu d'un slip en peau de léopard le cinglait à coups de fouet.

Le joufflu ricanait, la salle hurlait :

— Vas-y, Mamadou ! venge ta race !

— Assez, assez ! suppliait ma mère en se tordant les

mains. Va le délivrer, Nagib. C'est un ordre ! Va, pour l'amour de Dieu. Tu es assez fort pour empêcher ce monstre de faire du mal. Va, mon fils, et je te bénirai jusqu'à la fin de mes jours.

Nagib ne bougea pas, il n'eut pas à intervenir. Une princesse avec un diadème sur la tête arrivait en calèche. En maillot de bain fait de paillettes étincelantes, léger, très léger. Cent poitrines entonnèrent dans le concert des claquettes et des pétards :

— Viens ici, la mousmé !

D'un index délicat, elle écarta le tortionnaire et dit :

— Arrêtez ! arrêtez ! Je suis Schéhérazade ! je suis sa mère...

Les liens se défirent comme par magie, Douglas Fairbanks se jeta dans les bras de Schéhérazade et ma mère applaudit à tout rompre, cependant que la mandoline improvisait derrière nous une danse du ventre.

— Merci, disait ma mère. Tu as fait ton devoir, tu as sauvé ton fils, Dieu te le rendra au centuple.

Elle participa à toutes les péripéties de l'intrigue, suivit le héros comme si c'était son propre fils, fut ses yeux, sa voix, son garde du corps, sa conscience, ne lui ménageant pas ses conseils, critiquant, invectivant les autres personnages — debout, vivante, échevelée. Et, quand ce mélodrame exotique se termina par un beau mariage, quand la salle se ralluma, elle était là, à bout de souffle, tassée dans son fauteuil et les épaules frissonnantes.

Pendant l'entracte, croquant des bonbons, elle nous raconta le film. À nous, ses enfants, qui n'avions rien vu, rien compris. À sa manière. S'attarda sur les détails, les creusa, intervertissant les scènes, supprimant celles qui ne lui plaisaient pas, extrapolant, donnant une signification de rêve au réel de Hollywood — et cela se transformait en une inimaginable histoire qui n'avait plus rien de commun avec le

scénario du film : « Jadis, un jeune homme de bonne famille tenté par le démon avait désobéi à sa mère et était parti à l'aventure dans un pays qui n'était pas le sien, où il s'était perdu, le pauvre, où il n'avait pas de toit, pas d'amis, personne, personne... Mais une fée s'était attachée à ses pas. Un jour, elle lui apparut et lui donna un cheval qui, les yeux fermés, pouvait le conduire directement vers sa maison natale, à travers les mers et les déserts. Alors... »

Le silence soudain me fit me retourner. Les spectateurs s'étaient groupés derrière nous, écoutaient, bouche bée. Ils ne mangeaient plus rien, ne buvaient rien, ne fumaient même pas.

— Et alors ? dit un homme d'âge mûr. Raconte, ma tante, raconte.

Elle raconta, broda, comprima son imagination et la fit sourdre en sources d'aventures. Quand les lumières s'éteignirent de nouveau, l'homme mûr vint s'asseoir à côté de nous.

— Vous faites des films, madame ?

— Des films ? non. Pourquoi ? Qu'est-ce que c'est ?

— Vous devriez écrire des scénarios, je vous jure. Je peux vous prêter une caméra que j'ai achetée aux surplus américains.

Le deuxième long métrage était un western, avec un shérif, une diligence et des Indiens. J'en ai retenu une seule chose : le hasard. Le hasard était là, ce jour-là, sur cet écran. Le chef des Indiens, si peinturluré fût-il, même ma mère le reconnut : c'était l'un des acteurs du film précédent, celui qui avait fouetté le fils de Schéhérazade.

À la tête de sa tribu, il était sorti de sa « réserve » — première erreur. Deuxième erreur : il avait déterré la hache de guerre et s'était lancé à la poursuite de la diligence, conduite par des Blancs. Malgré sa taille, que pouvait-il faire avec sa tribu à demi nue et armée de flèches ? Les autres

avaient de beaux uniformes, des chapeaux, des bottes et des colts qui étaient chargés d'une incroyable quantité de balles et qui atteignaient presque toujours leur but.

Ma mère retenait son souffle, elle ne voulait de mal à personne, elle aimait tous ses prochains. Mais quand le chef indien et son cheval eurent dégringolé dans un profond ravin du Colorado, elle prononça une oraison funèbre :

— À la mémoire du cheval ! Le royaume des cieux lui soit ouvert ! Son âme angélique est en présence de Dieu. Et toi, l'homme, tu as oublié que celui qui a fait un atome de mal le verra. Tu as frappé un être humain tout à l'heure, alors Dieu t'a puni. Repose en paix malgré tout ! je te pardonne.

Elle ne dormit pas cette nuit-là. Elle vint dans ma chambre, me tint éveillé jusqu'au chant du coq. Tout se mélangeait dans sa tête : les deux films, fiction et réalité, romanesque et violence, et sa propre enfance qu'elle avait presque oubliée et ce monde de bruits et de fureurs où elle venait de faire irruption. Une seule porte ouverte. Par cette vanne, par torrents, tout entrait en elle d'un seul coup et elle essayait d'endiguer ce qui était étranger à sa nature, d'assimiler le limon propre à la fertiliser un jour.

Habituée à compter sur ses doigts (ceci est ma maison et j'y mourrai, celui-ci est mon époux, celui-ci est mon fils, celui-là mon autre fils et tout le reste n'a jamais existé pour moi, m'est totalement inconnu), habituée depuis qu'elle était au monde, depuis trente-cinq ans, à la stricte vie intérieure (peu de pensées, très peu de vocabulaire, quelques souvenirs épars et déteints, beaucoup de rêves et de fantasmes), elle avait toujours été entourée d'une pluie de silence et les seuls dialogues qu'elle pouvait avoir avec les trois étrangers qui habitaient avec elle, c'était ça : le ménage et les repas. Et sa solitude était d'autant plus âcre et vaste que son activité quotidienne était débordante : elle moulait

le blé, le tamisait, fabriquait de la pâte, faisait du pain, le cuisait, lavait la maison à grande eau, cirait les chaussures, cuisinait, jouait du tambourin, dansait pieds nus, nous racontait des histoires pour nous égayer, chassait les mouches, faisait la lessive, le thé, des gâteaux, le pitre quand nous étions tristes, repassait le linge, brodait, sans se plaindre — sans se plaindre. Ne se couchait que lorsque nous étions endormis, se levait avant l'aube — et le reste du temps elle nous écoutait. Pourquoi aurait-elle été malheureuse ainsi? Le bonheur ne s'apprend qu'avec la liberté.

Alors, brusquement et tout ensemble, le monde extérieur et la violence de la liberté s'étaient abattus devant et sur elle comme un déluge d'équinoxe, elle en avait peur, elle serrait les dents et ces quatre ou cinq éléments qui avaient composé sa vie pendant des années, des années, et qui la peuplaient, usés mais si familiers, afin de ne pas se perdre, de préserver son intégrité personnelle — afin de ne pas être dépassée par l'événement. Elle savait nos tentatives de la sortir surtout d'elle-même, de gratter la rouille à la recherche de l'âme, elle nous était reconnaissante de notre tendresse, ne demandait pas mieux que de grandir et de porter l'âge qu'elle avait. Avec son corps de trente-cinq ans et son âme de trente-cinq ans. Mais pourquoi?

Toutes ses questions, cette nuit-là, toutes ses angoisses aboutissaient à la même interrogation: pourquoi? Elle ne cherchait pas à savoir mais à comprendre, à être et non à avoir ou posséder.

Tant que dura la nuit, elle me parla. Et je l'écoutai. Pour la première fois de ma vie. Les arguments, la raison, l'abstrait n'avaient pas de prise sur elle. Non que son cerveau se fût atrophié dans la solitude, mais parce qu'elle ne pouvait assimiler aucun contenant qui n'eût un contenu propre — et les mots, si simples soient-ils, que s'ils avaient un

sens-odeur et un sens-couleur et un sens visible et un sens tactile et un sens sensible.

Et moi, j'avais beau puiser dans ma langue maternelle, puis mouler les mots dans celle de ma pensée pour les retraduire dans les termes de mon enfance, jamais je ne pus trouver ceux qu'il fallait. Les mots n'avaient plus désormais qu'un seul sens : celui qui s'adressait au cerveau. Secs comme lui. Déshumanisés et déshumanisants. Une culture jadis vivante et à présent écrite. Une littérature qui survolait la vie, très haut au-dessus des vivants et qui donnait en exemple des héros et des archétypes au lieu de descendre vers deux milliards d'anonymes. Et une civilisation qui se vidait d'année en année et de guerre en guerre de sa spiritualité, sinon de son humanisme. Non, non, je n'ai pas trouvé de mots humains pour répondre à cet être humain qui était ma mère, pour éteindre son angoisse — si une simple lance de pompier pouvait éteindre un incendie. Et pourtant, nous aussi, nous sommes combustibles. Alors, où est notre eau ?

Je n'ai pas su lui répondre. Et ce fut tant mieux. Oui, tant mieux. Parce que, machinalement, je l'ai prise dans mes bras, je l'ai assise sur mes genoux — et je l'ai bercée. Sans un mot. Jusqu'à ce qu'elle s'endormît.

9

Ce fut le bal où je l'entraînai valser un soir à la mode d'Occident, couronnée de fleurs de bigaradier. Des dames assises sur des canapés, carafes d'orangeade, cigarettes turques, salon bourgeois et ma mère se déchaussant et dansant en soliste ses propres danses, chaque mouvement épousant chaque phrase musicale tandis que Nagib faisait le guet dans le jardin en bavardant avec le chien de la maison, au cas où surgirait la silhouette de mon père. Applaudissements du bout des doigts, c'est charmant, c'est charmant !

Ce fut la foire — ampoules multicolores, autos tamponneuses, manèges, les réclames et les cris et les rengaines par vagues hurlantes, les stands de tir à n'importe quoi : maman tourna sur un cochon de bois, fila avec la chenille mécanique, connut l'ascension et le vertige sur une balançoire électrique, riant, criant au secours et à la joie, sa chevelure était comme un panache vivant, montant de la terre au ciel. Moi, j'introduisais des pièces dans une machine à sous, la secouais, acharné, ne gagnais rien. Nagib tirait au pistolet, à l'arc, à la balle de chiffon : au retour, maman serrait dans ses bras des poupées et des ours en peluche.

Ce furent un cahier d'écolier, un crayon, une ardoise, un bâton de craie et une méthode audiovisuelle de mon invention que je n'ai pas pu faire breveter par la suite. Une voyelle

était un homme, une consonne une femme, elles s'assemblaient pour former des couples. S'il y avait tant de consonnes pour cinq malheureuses voyelles, elle ne devait pas m'en accuser, moi — mais la société antiféministe. Oui, parfaitement, une sorte de polygamie au niveau de l'alphabet, déjà. Avant la grammaire, la culture et les lois sociales.

Elle apprenait avec avidité, inscrivant des syllabes et des mots sur ses paumes et, tout en préparant un de ses fameux ragoûts, elle consultait ses mains, disait à toute vitesse :

— Oui, il faut que j'ajoute maintenant du sel. S.E.L., sel. Le sel. Ceci, c'est du sel.

Et elle riait, vidait distraitement toute la salière dans la marmite. À moi seul, j'ai mangé tout ce ragoût : depuis lors, France, Yougoslavie ou Canada, jamais je n'en ai goûté de semblable.

L'Histoire était sa passion parce que, selon ma mère, « elle était pleine à craquer d'histoires ». Elle m'interrogeait :

— Depuis Adam et Ève, chaque homme et chaque femme qui ont vécu sur cette terre, aimé, souffert, ont eu leur propre histoire, digne d'être sue. Allez, mon fils, raconte-moi tout, depuis le début. Je t'écoute.

Je lui appris les dates, les traités, les grandes batailles.

— Non, pas de guerres, pas de dates. Quand tu te bagarres avec Nagib, est-ce que je m'en souviens ? Ces coups de poing doivent-ils passer à la postérité ? Raconte-moi le fond vrai de l'Histoire, je ne sais pas, moi... une période d'une nation ou d'un peuple ou d'un homme où il s'est passé vraiment quelque chose : je veux dire quelque chose de bien. Il doit bien y avoir une époque où les chiens fraternisaient avec les chats et Dieu avec les hommes !

La géographie était aussi sa passion : tant de peuples qui parlaient tant de langues et avaient des vies différentes ! Je dus improviser, contourner les difficultés et les montagnes avec circonspection, allier des continents à leur histoire et

à celles des autres, traduire en mots concrets les glaciations, les migrations, les démographies, donner des exemples et des paraboles en me basant sur ce qu'elle savait déjà.

Sur un vieux rouleau de papier peint, elle collait des images : Angkor, les Pyramides, la tour Eiffel, Londres, la cathédrale de Strasbourg... Images-cadeaux dans des tablettes de chocolat. Je n'en ai plus jamais mangé.

Je lui appris son corps. Oui. Avec un acharnement tranquille. Lisant avant l'âge. Tout ce qui me tombait sous la main. Empruntant à mes camarades de lycée et à la bibliothèque municipale les encyclopédies et les livres de médecine dont j'avais besoin. « Regarde, maman, regarde ! » — « Mais ce n'est pas moi !... » Tabous, pudeurs, hontes, je les mettais à bas, voile après voile, en lui parlant de Dieu en qui elle croyait de toute sa sincérité : Dieu n'avait pas pu créer des corps et des organes dont on aurait honte, n'est-ce pas ? La morphologie, la physiologie et les planches en couleurs faisaient le reste. Et les anecdotes salaces, fruits d'expériences, que racontait mon frère entre deux éclats de rire. À trente-cinq ans, elle comprit enfin pourquoi et comment elle avait des menstrues. Jusqu'alors, elle était persuadée qu'elle avait une maladie « personnelle » dont il ne fallait parler à personne, pas même à son époux.

Ce que je visais, tenacement, c'était la carapace d'ignorance, d'idées reçues et de fausses valeurs qui la maintenait prisonnière au fond d'elle-même. Un mollusque sort de sa coquille au cours de sa mutation. Pourquoi pas elle ? On peut très bien naître dans un pays, vivre dans un autre et mourir dans un troisième. La terre est vaste et elle appartient à tous. Les mollusques le savent, oui : même les mollusques.

Jour après jour, je l'amenais à remettre en cause son propre passé. Partie de là, si elle pouvait le faire craquer, sa myopie intérieure deviendrait une vue de lynx, critique. Peu

m'importaient les conséquences : je l'aimais. Elle se débattait et je ne lui laissais pas un moment de répit.

Nagib était toujours là, à portée de voix, prêt à détendre l'atmosphère par l'un de ses rires homériques ou à nous prévenir de l'arrivée de notre père : nous rangions précipitamment livres, planches, indices de nos secrets. Mais il était enfermé dans l'expansion de ses affaires (ferme, immobilier, banque, industrie), ne voyait rien de l'évolution bourgeonnante de sa femme, habitué depuis si longtemps à une compagne statique, permanente, immuable — puisque, *lui*, il était heureux avec elle, n'avait aucun problème et donc pourquoi en aurait-elle ? Et puis, il voyageait très souvent, ce qui nous donnait le champ libre.

Tout était démesuré chez Nagib : les joies, les passions, les appétits. Pour ma mère, il fit un geste démesuré : il vendit ses livres et ses cahiers, son cartable et ne retourna plus au lycée.

— Haha ! ce vieux bahut ! dit-il.

Le reste de ses études secondaires (techniques et expérimentales aussi), il les fit dans la rue avec sa bande de copains. La « contre-école », suivant son expression. Il continua de s'intéresser à la marche de la civilisation : en lisant les journaux qui démentaient les livres. Mon père croyait fermement que Nagib montait de classe en classe avec moi : les bulletins scolaires et les livrets étaient là pour en témoigner — fabriqués, remplis et signés par l'un de ses copains, faussaire s'il en fut. De bonnes notes, meilleures que les miennes, d'excellentes appréciations : « Protège les petits… Serviable… Premier prix aux poids et haltères… » C'est ainsi qu'il gagna beaucoup d'argent de poche, récompense.

Il acheta une automobile et promena ma mère dans la ville entière, chaque fois que mon père partait en voyage. (Ce ne fut que lorsque j'obtins mon baccalauréat — mais pas Nagib — que mon père sut la vérité. Et il était trop

tard: son fils dépassait les deux mètres et avait appris les techniques de la contestation à la « contre-école ». « Voyou ! » lui dit mon père. — « D'accord, je suis un voyou, et toi, tu es quoi au juste ? »)

Il était devenu notre factotum[1], notre trésorier, le garde du corps de ma mère: il la récompensait quand elle faisait des progrès, lui ouvrit un compte en banque — à elle, qui n'avait jamais eu un sou —, lui apprenait un nouveau jeu de cartes chaque fois qu'elle réussissait une opération avec des décimales: elle aimait jouer, mais elle détestait les cartes noires, elle s'en débarrassait au plus vite, même si c'étaient des atouts, mais nous savions tricher de science certaine et elle était heureuse de gagner.

Parfois il la grondait de sa grosse voix quand elle obtenait de mauvaises notes — quitte à la prendre ensuite dans ses bras et à la soulever jusqu'au plafond.

— Pleure pas, petite maman, tu feras mieux la prochaine fois. Va te reposer un peu.

Mes camarades habitaient les beaux quartiers, faisaient du tennis, discutaient de littérature et de philosophie. Ils recevaient ma mère avec hospitalité et joie. Mais elle n'avait rien à leur dire, ni à eux ni à leurs parents. Elle était là comme sur la sellette: tous la trouvaient jolie, pleine de vivacité et de charme, elle n'aimait pas le sherry ni le jeu de Monopoly.

— C'est cela, ton monde? me demandait-elle sur le chemin du retour. Pourquoi ont-ils honte de témoigner leur affection et pourquoi tiennent-ils à distance l'affection des autres?

— Mais non, maman, tu te trompes. Ils ne sont pas si différents de nous. Ils viennent d'un pays plus froid, voilà tout. Encore quelques leçons et tu les comprendras.

1. De *facere*, « faire » en latin. Personne qui effectue des travaux mineurs.

— Mais pourquoi sont-ils nos maîtres ? Ici ? Chez nous ? Tu peux m'expliquer ?

— Je ne sais pas. C'est de l'Histoire. Mais je t'ai appris le mouvement des marées : la mer monte, puis redescend.

— Alors qu'elle redescende au plus vite !

Tels étaient les camarades de Nagib : triés sur le volet. Il avait écarté de sa bande tous les fils à papa, les m'as-tu-vu, les intellectuels. « Tout dans la tête, disait-il de ces derniers, rien dans le corps. » Deux ou trois apaches prêts à lui donner leur sang, un rabbin roi du poker, plusieurs mécaniciens, des chômeurs professionnels, garçons de café, crieurs de journaux, un avocat marron, un commissaire de police indicateur de la pègre — tous gens de foi et d'action, tous autodidactes, en rupture avec leur milieu. Des femmes, bien entendu : danseuses, entraîneuses, une voyante, une maîtresse d'école et de mon frère quand je la connus, deux coiffeuses, une ceinture noire de judo, une douzaine d'ouvreuses de cinéma qui le faisaient entrer dans les salles sans payer : il les récompensait d'un baiser (il pouvait embrasser une jument) et de son rire communicatif. Et ces hommes et ces femmes et ces enfants étaient éparpillés dans toutes les couches sociales : Nagib connaissait ainsi toute la ville, de l'intérieur, n'en ignorait ni les drames, ni les joies, ni les passions. C'était un vrai citadin, en chair et en os et en sang, vivant à la température de la cité.

À bord de son automobile qui faisait un bruit d'enfer, il nous conduisait, ma mère et moi, de taverne en bouge, de plage en casino, de taudis en garage. Assise sur un établi, les jambes pendantes comme des barres de fer et les cheveux partagés en nattes dans le dos, maman regardait le mécanicien monter les pièces détachées d'un moteur, changer une roue, visser des boulons. Et elle apprenait les rudiments de la mécanique avec les explications très simples de mon frère.

Ce fut dans une centrale électrique qu'il lui dit que la magie n'existait pas, que Monsieur Kteu était un «vieux schnock pour bonnes femmes superstitieuses» (je rapporte ses termes exacts) et «qui et quoi était l'électricité qui donnait la lumière dans les ampoules et le son à un récepteur de radiodiffusion». L'ingénieur était là, debout devant elle, elle pouvait lui demander s'il lui racontait des bobards : c'était cet homme et ses copains qui, à l'aide de machines, fabriquaient l'électricité.

Il l'emmena dans un studio de la radio d'État où il avait ses entrées, lui présenta le vrai Monsieur Kteu, le speaker. Elle ne le crut pas, faillit le gifler tant elle était en colère : «Monsieur Kteu, ce vieux schnock tout chauve, avec des dents en plastique, une peau de champignon et des yeux de femme ?»

— Petit à petit le nid fait son oiseau, lui dit Nagib. T'en fais pas, maman : on te prépare ton nid et un jour tu naîtras.

Et nous la voyions naître. Elle découvrait la réalité brute, l'adaptait à sa nature, séparait la graine de l'ivraie, rejetait un peu de l'une, un peu de l'autre, selon sa capacité d'absorption, protestant :

— Pourquoi seulement la farine blanche? Pourquoi pas le son aussi? C'est bon, le son, ça donne du goût au pain.

Nous lui donnions de l'argent, avec le mode d'emploi. Non, maman, ce n'est pas parce que ce billet de banque est plus grand que cet autre qu'il vaut forcément plus ; c'est le contraire. Regarde! Tu sais lire maintenant. Regarde dans le coin de la coupure.

Son sac à main sous l'aisselle, elle à qui mon père avait toujours tout fait fournir à domicile — sucre, thé, viande, légumes, fruits, huile, beurre, miel, produits d'entretien... —, elle entra pieds joints dans la société de consommation et fut une consommatrice anarchique. Elle acheta

n'importe quoi. Tout ce qu'elle ne connaissait pas. Elle tendait une coupure au commerçant et disait le plus naturellement du monde :

— Donnez-moi quelque chose pour ça.

— Qu'est-ce que c'est que ça ? demandait mon père au dîner.

— Oh, ça ? répondait Nagib très vite. C'est un camarade du marché qui me l'a donné. C'est une boîte de corned-beef.

— Je ne mange pas de conserves. Donne ça aux chiens.

— D'accord, papa. Je vais le manger.

C'était du porc. Mon frère fit appel à l'un de ses copains qui possédait une bicyclette à remorque. Il venait tous les jours à la maison, à heure fixe, ramassait la plupart des achats de la veille, allait les revendre — ou les troquer contre du sucre, de l'huile, des bouteilles de limonade.

Maman découvrait les autres. Ceux qui n'étaient ni de son enfance ni du monde de mon père. Et cela était bon. Non qu'elle s'encanaillât — sa pureté pouvait lui faire traverser une guerre sans qu'elle entendît un seul coup de feu. Mais ces bouges, ces voyous, leur vie brutale aidèrent à briser sa carapace.

Elle nous découvrit, nous. Ses enfants. Existant de nous-mêmes, en dehors de notre père, en dehors d'elle. Quand elle se rendit compte que nous étions détachés d'elle, fœtalement, que nous n'étions plus depuis longtemps des petits enfants suspendus à ses jupes, ce fut ainsi : ses yeux furent réglés comme les lentilles d'une paire de jumelles. Et elle nous *vit*. Vit que j'avais du poil au menton et que Nagib était plus adulte que son mari. Et cela fut ainsi : ce jour-là, il n'y eut plus de carapace, plus une écaille. Elle se vit, elle — existante, toute nue dans un monde nu. Et elle éclata en sanglots.

— Je suis vieille, vieille !

— Mais non, maman, dis-je. Tu es plus jeune que nous.

— Tu viens enfin de naître, ajouta Nagib. Allez, viens, petit loustic! Sortons d'ici: elle a besoin de pleurer, ça lui fait du bien.

Nous sortîmes et nous assîmes sur le perron. Pensifs et fumant cigarette après cigarette. À travers la porte, nous parvenaient des résonances de sanglots.

10

— Non, je ne peux pas le lui dire. Il ne comprendra pas.

Nous sommes assis en haut de la falaise, sous l'ombre d'un cèdre hérissé. Repoussant l'horizon à coups de vagues déferlantes, la mer. Deux mouettes s'enlacent dans le ciel. Tout en bas, sur la plage, un cheval blanc court en liberté, boit des franges d'écume, s'ébroue. Mon cheval. Mon père me l'avait donné en récompense. Un de ses chevaux sauvages. Un mois durant, je m'étais approché de lui, pas à pas. Jusqu'à ce qu'il m'eût *senti*. Le jour où je l'avais caressé est le plus beau de ma vie. Je l'appelais Blanco.

— Non, répète maman, je ne le lui dirai pas.

Elle est là, assise, souriante, avec un arrière-plan d'inquiétude dans les yeux : elle est la dernière image de mon passé.

— Je garde cela pour moi, pour nous. Un jour, il se rendra compte.

— Oui, maman... Tu sais, je pars demain.

— Ne me parle pas de cela tout de suite. Plus tard, plus tard...

Je lui prends la main et je l'embrasse.

— Je reviendrai te voir : à Noël, aux fêtes de Pâques et pendant les grandes vacances.

Elle ne répond pas. Elle regarde au loin, le vent balaie sa chevelure, son chagrin.

— Maman, prends soin de Blanco. Je te le donne.

— Oui. Oui.

— Nagib restera avec toi, il s'occupera de toi. Il a abandonné ses études, il ne peut pas venir avec moi en France.

— Combien d'années dureront tes études de médecine?

— Je ne sais pas. Cinq, six ans. Peut-être davantage. Mais je reviendrai tous les trois mois. Et puis, je t'écrirai tous les jours. Et tu me répondras tous les jours, dis?

— Oui. Oui.

Elle arrache un brin d'herbe et le mâchonne. Projetée vers un avenir qu'elle essaie de deviner, d'aplanir.

— La liberté est poignante, dit-elle à mi-voix. Elle fait parfois souffrir.

— Comment ça?

— Elle ne résout pas le problème de la solitude. Tu vois, je vais te dire: je me demande si vous avez bien fait, Nagib et toi, d'ouvrir la porte de ma prison.

— Je ne comprends pas, maman.

— Mais si! Réfléchis. Cette prison, je suis bien obligée d'y rentrer le soir. Comme avant... comme avant...

— Maman, tu l'aimes, ton mari? Dis, tu l'aimes?

Elle me saisit par les épaules, me secoue, crispée, le visage hagard et la voix âpre:

— Qu'est-ce que c'est, aimer? Qu'est-ce que ça veut dire?... Quand je suis entrée dans cette maison, j'étais une enfant. Devant un homme qui me faisait peur. Seule avec lui, comprends-tu?... Et puis, je me suis habituée au cours des années. L'habitude est un sentiment. Je ne me posais pas de questions, je ne savais pas qui j'étais. Tandis que maintenant!...

— Maman, maman... Calme-toi, ne pleure pas, je t'en prie!

— Je ne me rendais compte de rien.

Elle a pleuré un peu, s'est mouchée d'un geste de défi, a relevé la tête, m'a souri. Elle m'a consolé, m'a supplié de ne pas avoir la nostalgie de la terre natale, et surtout pas d'elle.

— Je suis grande maintenant…

Et, tant qu'il y eut une lueur à l'horizon, elle m'a raconté des histoires abracadabrantes pour m'empêcher de penser. Sur la plage, mon cheval dansait au bord de l'eau. La nuit tomba d'un noir fondamental sur nous tous — et ce fut la fin de mon passé.

Avoir

DEUXIÈME PARTIE

AVOIR

I

C'est Nagib. Ton frère d'hier, d'aujourd'hui et de demain. C'est comme ça, mon petit. Impossible de te débarrasser de moi. Même père, même mère, même sang — une seule et même famille. Ensemble, nous ferons le voyage de la vie, jusqu'au bout, jusqu'à ce qu'il n'y ait plus une seule goutte de carburant.

Alors, tu es à Paris ? Comme un oiseau tombé du nid ? Le vent va souffler, gonflera tes ailes. Pourvu qu'il vienne du Nord et te pousse de ce côté-ci de la mer ! Dis-moi : les gens de Paris ont-ils vraiment des chaussures à semelles en bois ? Tu n'as emporté avec toi que deux paires de souliers. Je me fais l'interprète de maman : c'est même la seule mère que tu aies au monde. Elle est ici, derrière moi, lisant par-dessus mon épaule. Elle te pose une question : veux-tu que je t'envoie une demi-douzaine de babouches ? Réponds. C'est urgent pour tes pieds.

Et les voitures ? marchent-elles au charbon de bois ? As-tu vu le général de Gaulle ? Est-il vrai qu'il est presque aussi grand que moi — avec son képi, bien entendu ? Il est venu à Casablanca, avec Churchill et Roosevelt. Il s'est installé dans une villa d'Anfa[1], chez un ami de mon père. Maman est

1. Rencontre d'Anfa : il s'agit d'une conférence qui eut lieu à

allée lui rendre visite. Je vais te raconter. Allez, maman, laisse-moi écrire à mon petit frère, va te reposer un peu !

Bon. Je commence par la genèse, tout comme le Créateur. Donc, tu es parti et elle a tourné en rond. Refusé de sortir, malgré les beaux jours — malgré le cirque Amar qui donnait des représentations depuis trois semaines. Refusé de faire le ménage, de dire un seul mot. Parfois elle écoutait la radio, comptait sur ses doigts. Quand elle arrivait à dix, elle s'essuyait les mains sur sa robe. Comptait de nouveau sur ses doigts. La pâte a eu ainsi le temps de lever.

Un matin, elle était là, dans ma chambre, son sac à main pendu à l'épaule. Elle a consulté sa montre japonaise dont elle ne se sépare jamais : pile, c'est une montre ; face, c'est une boussole.

— Debout ! Direction : sud-sud-est ! Au marché ! Debout, fainéant !

Au marché, elle a acheté des métrages et des mètres de tissus de couleurs différentes. Un dictionnaire d'occasion, immense, épais. Une mappemonde pour savant ambulant. Et un rouleau de papier qui, à nez d'épicier, sentait la coriandre et le cumin. Mais il était d'un blanc éclatant — par endroits. Elle ne m'a pas donné d'explications. Juste des ordres :

— Mets la clef de contact... Démarre... Direction : nord-nord-est !

Quand nous sommes rentrés à la maison, elle avait les yeux brillants, la peau rose, le timbre clair :

— Pose ça là... Es-tu capable de déplier cette carte sans la déchirer ? Et de tailler ce crayon sans le réduire de moitié ? C'est tout ce que je te demande.

Casablanca entre le 14 et le 24 janvier 1943 et qui réunit Churchill, Roosevelt, de Gaulle et Giraud dans le but de réconcilier ces deux derniers. Les modalités de l'invasion de la Sicile et de l'Italie y furent également discutées.

Tout! Elle a téléphoné à Meknès, Fès, Marrakech, Rabat, Tanger. Puis au service du Journal Parlé. J'étais là, les oreilles aussi dressées que celles d'un lièvre des buissons, au petit matin, quand la rosée est encore pure et qu'il n'y a pas un chien à l'horizon.

J'ai écouté ce qu'elle disait avec un débit de pompe aspirante et refoulante. Elle suivait un raisonnement aussi rectiligne que deux rails de chemin de fer. Mais les voies ferrées s'incurvent parfois, bifurquent. Oui. Et chacune de ses multiples correspondantes avait une vue d'ensemble personnelle, *sentimentale* de l'étendue et de la configuration de la guerre mondiale.

— Le sirocco est un vent brûlant, ma chérie. Comme la guerre. As-tu remarqué qu'il souffle pendant trois jours, ou bien pendant six jours, ou bien pendant neuf jours? Cela signifie que cette guerre-ci aura duré six ans... ou neuf ans.

— C'est trop, s'exclamait ma mère. Beaucoup trop. Il faut faire quelque chose. D'ailleurs, les grands chefs sont arrivés à Casablanca, de Gaulle en tête. J'ai l'intention d'aller le voir. Ça ne peut plus durer. Dis-moi, ma fille: où se trouve Benghazi?... Aha? En Libye? Et la Tripolitaine? Renseigne-toi, voyons! Tu habites au nord, tu devrais savoir... Et les Italiens? Avec qui sont-ils?... Attends, attends une minute...

Se tournant vers moi et brandissant le cornet acoustique comme une carotte:

— Déroule le rouleau de papier et inscris! Inscris, mon fils!

J'inscrivais, l'oreille basse. Des noms, des dates, des plans de sièges ou de contre-offensives. Il lui fallait reconnaître d'abord amis et ennemis. Qui se battait avec qui et contre qui? Il était facile, très facile, de donner un visage humain à chacun des belligérants, c'était même la première chose à faire. Les choses et les êtres appelés par leur nom perdraient,

sinon leur agressivité, du moins leur mystère. Il lui fallait ensuite comprendre pourquoi ils se battaient depuis si long-temps. Et ce qu'ils y avaient gagné, outre les blessés et les morts et les désolations. Ce qu'ils espéraient obtenir au bout de leurs fusils. Et ne pouvaient-ils y parvenir autrement, en êtres humains ? Je suis persuadée, mais oui, qu'autour d'une bonne théière de thé vert à la menthe et d'un méchoui cuit à la fumée de bois de cèdre encore vert et résineux, ils trouveraient un terrain d'entente. Qui fait un bon repas discute, n'est-ce pas ?

— Comment dis-tu, ma cousine ? Répète lentement... Nagib, inscris les noms des chefs : Rommel, Tojo, Juin, Clark, de Gaulle... Non, non, pas de Gaulle : je le verrai person-nellement demain matin...

En somme, où était le camp, non de la victoire, mais du salut ? Du salut pour toute l'humanité ? Ils avaient déclenché ce conflit monstrueux sans consulter la base. Sans la consulter, *elle*. Et elle était *plusieurs*. Foi de pierre et âme de montagne ! Maintenant elle était décidée à rallier le camp du salut commun de tout le poids de sa conscience claire, à y jeter l'adhésion de ses amies qui étaient légion.

Ensemble, par téléphone, elles dressèrent un bilan, consta-tèrent les dégâts, essayant de colmater les brèches ouvertes au flanc de l'humanité, par où coulait le sang. Leur propre sang. Depuis Monte-Cassino[1] jusqu'aux Carpates[2], de la Normandie[3] à Morotaï[4].

1. Batailles livrées par les Alliés pour libérer et occuper Rome en 1943.
2. En 1943, l'armée insurrectionnelle ukrainienne s'est battue contre les occupants allemands. Les plus lourds combats ont eu lieu dans les Carpates.
3. Évocation du débarquement de 1944.
4. Île d'Indonésie où se trouvait une base japonaise prise par les Américains en septembre 1945.

— Cherche sur la carte, me lançait-elle d'un ton sans réplique. Morotaï doit se trouver dans le Pacifique, entre le Japon et les Philippines. Ça y est? *Il t'a trouvé?* Eh bien, écris: «Morotaï a été pris d'assaut par les troupes du général MacArthur.» Trace un trait, calcule le nombre des victoires alliées et reporte-les sur la carte: des croix rouges pour les Alliés, des croix gammées, en noir, pour les puissances de l'Axe.

Jamais je n'ai tant écrit. Des choses que je ne comprenais pas — comme au temps où j'étais au lycée. Impossible de mettre mon crayon sous le bras et de prendre la porte. C'était un professeur acharné, elle n'admettait pas la voix d'une seule mouche. Et elle *savait* ce qu'elle me dictait. Ses multiples sources d'information étaient dignes de foi, concrètes: autant d'oreilles collées contre autant de récepteurs de T.S.F.: Tokyo, Moscou, DNB Berlin, Londres, Le Caire...

Pour confronter ces communiqués contradictoires où la propagande distribuait généreusement les coups à l'adversaire et ne recevait que des caresses, pour en tirer un fait ou un ensemble de faits aussi réels que mes chaussures pointure 46, le problème d'un coordinateur, rapide, efficace et neutre — neutre! — n'était pas à poser. Il était trouvé depuis le début: ma mère.

— Écris, Nagib, écris: 44 divisions blindées sur le front de l'Est. Consulte la carte, ne laisse rien au hasard. Ouvre le dictionnaire, il est de bon conseil.

Elle téléphona jusqu'au soir. Sans discontinuer. Avec une persévérance paisible. Le téléphone était là? Il fonctionnait? Eh bien alors?

Le service du Journal Parlé auquel elle fit appel en dernier ressort, pour confirmer ses informations, fut plus difficile à obtenir. À convaincre aussi. Aucun journaliste de la radio ne connaissait ma mère. Était-elle journaliste, elle aussi? À

quel titre téléphonez-vous, madame ? De la part de qui ?
Qui demandez-vous au juste ? Pourquoi ? Comment ? Pour
de plus amples renseignements veuillez vous reporter à
votre journal habituel. Et, clic, le journaliste raccrochait.

Sans se décourager, sans s'énerver, calmant ses corres-
pondants et les porcs des bureaux, elle tournait joyeuse-
ment la manivelle du téléphone et décrochait aussitôt.

— Allô ! Babette ? c'est toi ?... Dis donc, ma jolie, appelle-
moi donc le directeur général de la radio... Je ne sais pas,
moi : tu dois avoir son numéro personnel. Sonne-le jusqu'à
ce qu'il réponde... ça m'est égal : tire-le du lit. C'est urgent.

Je ne sais qui exactement répondit à son appel. Le direc-
teur en personne ou sa brosse à chaussures, cela n'a pas
d'importance. Un homme était là et elle lui parla. Comme
présent en chair et en os, assis devant elle et les oreilles
pendantes. Que racontait sa radio ? Au service de qui était-
elle ? En quel sens l'entends-tu, frère ? Crois-tu réellement
qu'il y ait encore de par la terre des bonnes femmes super-
stitieuses qui croient que les T.S.F. sont des boîtes magi-
ques ? Magiques !... Qu'appelles-tu journalistes ? Au-dessous
de quel niveau sont-ils ? De tout ou de zéro ? Ah ! Mais non,
je ne te fais pas un procès d'intention, ce serait trop facile.
Je veux des faits et des actes. Ce conflit nous concerne
tous, avoue. La paix revenue, qu'allons-nous devenir ? Voilà
la question. Et quelle paix ? Nous n'en sommes pas encore
là ? Que tu dis, que tu dis !... Mais nous y sommes, voyons !
Nous étions dans la paix il y a quatre ou cinq ans... Écoute,
frère, je vais te dire ce qu'il faut faire : tu as une radio ? Tu
en es le directeur ? Tu sais la faire marcher ? Tu as des
hommes sous tes ordres ? Alors, tout est facile, très facile.
Veux-tu qu'en cas de besoin je vienne te prêter assistance ?...
Oui, oui, je comprends. Bon, je dicte, inscris ! Aucun d'entre
nous sur la terre ne peut supporter de vivre plus longtemps
dans le mensonge. Voilà le premier principe. Second prin-

cipe : on nous a demandé trop, beaucoup trop. Et je connais des armées de civils et de neutres qui sont tout comme moi : que les belligérants sachent bien que nous ne pourrons plus rien leur donner, en fait ou en créance ou en croyance, pas même la rouille d'un vieux clou ou la peau de nos dents. Troisième principe...

Ç'avait été une journée de branle-bas, d'action. Un samedi, je m'en souviens bien : j'avais manqué le match de boxe que disputait Marcel Cerdan. Ce fut une soirée d'études. De méditations, de découpages.

J'avais déplié le rouleau de papier à mesure que, sous la dictée de ma mère, j'y inscrivais noms, chiffres, plans. Il couvrait à présent tout le vestibule. Hitler et ses généraux préparaient leurs derniers coups de poker dans la cuisine, entre la jarre d'huile de noix et le placard aux épices. Eisenhower et son État-Major étaient à quatre ou cinq mètres de là, près de la porte d'entrée. Les divisions rouges du général Joukov contournaient la cage d'escalier. Telle était la situation, ce jour-là, à 23 h 10 GMT, quand ma mère décida de passer à l'attaque et d'ajouter sa figue au chapelet de figues.

Armée d'une paire de ciseaux qu'elle avait fait cliqueter longtemps à l'avance — peut-être pour les roder, peut-être aussi pour avertir les belligérants — pieds nus, les lèvres scellées, l'œil martial et le souffle court, elle fut vite à pied d'œuvre, en trois petites enjambées : à Stalingrad, qu'elle découpa, avec une portion de la Turquie neutre. Puis elle bondit sur l'Égypte, à laquelle elle ne laissa que le Sinaï. Comme une fourmi dont les allées et venues semblent insensées pour l'observateur superficiel, mais qui ont leur logique interne, elle traversa les continents, franchit les océans, revint sur ses pas, zigzagua, tourna en rond, fila comme un boulet de canon. Et, à chaque halte, elle prélevait un morceau de terre ou de mer ou des deux à la fois,

les ciseaux faisaient entendre leur claquement de sécateur. Et chaque pan qu'elle ôtait à la planète, elle en faisait une boule qu'elle froissait, tassait dans sa paume, envoyait d'une chiquenaude dans la boîte à ordures. Et, quand elle n'eut plus rien à découper, elle passa les ciseaux dans sa ceinture — puis s'assit. Méditative. Près d'un petit morceau de papier, informe, tout petit.

Longtemps elle le considéra, tel un miroir où elle eût cherché en vain son image.

— Le pôle Sud, Nagib. C'est tout ce qu'ils ont laissé. Et encore, je ne suis pas sûre qu'il n'ait pas été contaminé, lui aussi, par le cancer de la guerre. Tu peux allumer une cigarette, mon fils, je te le permets. J'aime bien l'odeur du tabac, c'est une odeur d'homme, ça m'aidera à réfléchir.

J'allumai un cigare verdi par endroits et qui sentait le cordon Bickford[1].

— Pas une île, plus un seul havre de paix où des millions de gens comme moi puissent trouver le salut. Dis-moi, Nagib : ce pôle Sud est-il habité ?

— Oui, répondis-je. Par des pingouins. Je crois.

— Eh bien, joins les mains et prie avec moi, mon fils. Pour les pingouins.

Je joignis les mains, fermai les yeux et dédiai une minute de silence intense à ces manchots des glaces qui étaient incapables de tenir un fusil. Mon cigare répandait une fumée âcre et mon front se plissait.

— Amen ! conclut ma mère. Va maintenant te coucher. Demain, nous aurons une journée bien remplie.

Elle ne dormit pas. Toute la nuit, le ronflement de sa machine à coudre berça les vivants et les morts. Au chant du coq, elle était là, dans ma chambre, tenant à bout de bras un immense drapeau où les couleurs semblaient jouer à saute-mouton.

1. Mèche d'explosif.

— Toutes les démocraties sont là, s'écria-t-elle, joyeuse. Certaines nations n'avaient pas de drapeau, sous prétexte qu'elles sont colonisées ou sous tutelle. La belle affaire que voilà ! Je leur en ai fabriqué : elles y ont droit. Chaque pays démocratique a son drapeau, de dimensions égales. Je les ai cousus l'un et l'autre, assemblés. Debout, fainéant ! Va me chercher ta canne à pêche. J'ai besoin d'une hampe. Allez, debout, les vivants !

— Toutes les demoiselles sont là, décida-t-elle, joyeuse.
Certaines nations n'avaient pas de drapeau, sous prétexte
qu'elles sont chômeuses ou vous droite. Là belle affaire que
voilà ! Je leur en ai fabriqué elles y ont droit. Chaque pays
démocratique a son drapeau. De ces raisons égales, je les ai
cousus l'un et l'autre, le chapist, Dubout, tribunal. Va me
chercher ta canne à pêche, j'ai besoin d'une hampe. Allez
debout, les suivants !

2

Drapeau en tête — c'était moi qui le portais, ma mère
était chargée d'un régime de dattes — nous arrivâmes à
Anfa, au quartier des villas. L'Océan vert était tout proche
et, par-dessus la barre, les vagues houleuses applaudissaient
par saccades. Derrière nous, la marée humaine entonnait le
Chant ample de l'Espérance :

> *Comment ça va, mon gars ?*
> *Beaucoup de temps s'est écoulé,*
> *Le monde est une balançoire,*
> *Il monte et redescend*
> *Et tu descends et tu remontes,*
> *Sans savoir pourquoi.*
> *Comment ça va, mon gars ?…*

Ameutées par téléphone, les amies de ma mère étaient là
(et leurs amies, leurs cousines au 27e degré, leurs voisines…).
Premiers rangs de la foule, habits de fête, fanions, tambou-
rins et claquettes. Mes copains à moi étaient un peu partout,
assurant le service d'ordre, arrêtant la circulation, dégageant
la voie à coups de sifflet. Des passants passaient, je ne sais où
ils se dirigeaient. Quand ils nous ont vus, ils se sont rappelé
qu'ils n'avaient rien à faire. Ils nous ont emboîté le pas.

— C'est merveilleux! s'est écriée ma mère. Les quatre Grands sont avec nous! Ils savaient que j'allais venir. Regarde : ils nous ont dépêché des gardes du corps pour nous escorter.

C'était vrai, ma foi. Quatre soldats étaient venus nous encadrer, ma mère et moi. En uniformes rutilants. Un dur de dur de la Division Leclerc ; un Anglais coiffé du béret de Montgomery ; un M.P.[1] déhanché, à casque blanc et ceinturon blanc ; et un Russe taillé dans la montagne, de mine patibulaire, qui criait tout le temps : *Niet! Niet!* Il était furieux à bloc. Je lui ai donné un coup de coude dans les côtes. « Ça va pas, toi ? » Il m'a fait un clin d'œil et m'a dit à mi-voix : « Pourquoi ? J'en fais trop ? *Da, da!* » C'était un bon copain, mais un zéro en comédie militaire. Ses trois camarades « occidentaux » étaient superbes dans leur dignité. Des gars de ma bande, quoi !

La sentinelle, devant la porte de la villa, ne bougea non plus qu'un roc quand ma mère marcha sur lui.

— De Gaulle est là ?

Il n'a pas répondu.

C'était un montagnard du Haut-Atlas, sec, noueux et noiraud comme un bâton brûlé, le genre service-service-camarades-après. Maman a fait un pas en arrière, l'a considéré de bas en haut, un œil à moitié fermé, l'autre grand ouvert. L'a salué militairement. A lancé un ordre :

— Présentez... armes !

Il lui a présenté les armes — et la foule a entonné l'hymne du Maréchal :

> *Maréchal, nous voilà,*
> *Tous derrière, tous derrière !*
> *Les poches trouées, les pieds nus,*

1. Military Police, soldat américain.

> *Le ventre creux, les choses aussi...*
> *Tous derrière! ne poussez pas!*

Maman a dit au soldat:

— Hmm!... C'est pas mal.

Elle a comme changé d'yeux: celui qui était mi-clos est devenu rond et fixe, l'autre s'est refermé tout à fait. Ses paupières étaient mauves. À contre-jour, on eût dit qu'elle portait un monocle teinté.

Elle a dit:

— Repos!

Et le soldat s'est reposé sur son fusil. Pas longtemps. Parce qu'elle a crié presque aussitôt:

— Fixe!

Et il est devenu fixe — lui, ses yeux, son arme, son collier de barbe, les poils de ses narines.

— Repos!

Alors il a mis son fusil sous le bras et a demandé à ma mère:

— T'as pas bientôt fini?

C'est ainsi que la glace de la discipline s'est rompue. Ils ont éclaté de rire presque en même temps. La foule aussi. Le rire a roulé de rang en rang jusqu'aux vagues de la mer. Le «Russe» avait repris son air furieux. Je lui ai donné un vieux coup entre les omoplates et il a fini par rire comme tout le monde.

LE SOLDAT. Bon. Qu'est-ce que tu veux, ma tante?

MAMAN. De Gaulle est là?

LE SOLDAT. Qui ça?

MAMAN. Le général de Gaulle.

LE SOLDAT. Il y a plein de généraux ici. Va donc savoir!

MAMAN *(d'une voix douce)*. Charles de Gaulle. Le chef.

LE SOLDAT. C'est plein de chefs ici. Va donc savoir! Ils sont tous chefs, sauf moi.

MAMAN. Le général Charles de Gaulle, le chef des Forces libres, le chef de la France.

LE SOLDAT. Alors je ne sais pas. J'ai jamais été en France.

(Mouvements divers dans la foule).

MAMAN *(mue par une inspiration subite).* Un général à deux étoiles?… grand, très grand?

MOI. Dans les deux mètres, mais maigre, hein? Presque aussi grand que moi, quand il porte son képi?

LE SOLDAT *(souriant d'une oreille à l'autre).* Ah! Tougoul? Le général Tougoul? Pourquoi ne me l'as-tu pas dit tout de suite? Oui, il est là, Tougoul.

(La foule: «A-a-a-ah!»)

MAMAN. Tu le connais?

LE SOLDAT *(agitant son fusil).* Si je le connais? Tiens, ce matin, il est venu se planter devant moi, là où tu es, ma tante. Et il m'a dit: «Soldat…» Et j'ai répondu: «C'est moi, mon général.» — «Soldat, il m'a dit, avec les peuples vaillants des territoires d'Outre-Mer la France redeviendra la France. Je compte sur vous, soldat de l'Empire.» Et j'ai répondu: «D'accord, commandant, comptez!» Un copain, je te dis.

MAMAN. Alors, mets ton fusil sur l'épaule et va dire à ton copain que je suis là.

LE SOLDAT *(ne souriant plus du tout).* Qui ça Tougoul?

MAMAN. Oui. De Gaulle. Dis-lui que je l'attends.

LE SOLDAT *(reprenant son aspect service-service-pas-de-camarades-du-tout).* Il n'est pas là.

MOI. Dis, m'man? Tu veux que j'aille le chercher! C'est très facile.

MAMAN. Toi, mets-toi là, derrière moi. Et ne bouge plus sans mon ordre. *(Au soldat:).* Va, soldat de l'Empire, obéis au peuple et à moi.

LE SOLDAT *(secouant la tête).* Non, madame, tu n'es pas

dans l'armée. J'obéis à mon sergent. Le sergent a dit : « Toi faction ici. Toi pas bouger. Toi laisser entrer personne. Compris, Ahmed ? » Et je lui ai répondu : « *Moi y a campris, masargent...* » Je ne m'appelle pas Ahmed.

MAMAN. Écoute-moi, mon fils. J'ai une motion à présenter au général de Gaulle. Capitale. Urgente. Va le chercher. Le peuple d'abord. Nous sommes venus par centaines, ouvre les yeux, mon fils, regarde autour de toi.

LE SOLDAT (*écarquillant les yeux*). Je regarde, petite mère. Je vous vois tous. Et alors ?

MAMAN. Nous lui avons apporté un drapeau pour lui signifier que nos peuples aussi existent sur la terre, qu'ils aspirent eux aussi à la liberté et à la démocratie. Il faut qu'il le sache et qu'il fasse notre connaissance. S'il a à discuter avec quelqu'un pour la paix future, ce sera avec nous — et non avec ceux qui ont déclenché cette guerre monstrueuse. En signe d'amitié et de bonne volonté, je voudrais lui offrir ce régime de dattes. Tu as bien compris, soldat ?

LE SOLDAT. Attends, attends, petite mère. Tu parles trop vite. Tu dis qu'il y a des dattes ? de Zagora ?

MAMAN. Non. De Goulimine.

LE SOLDAT (*joyeux*). C'est celles que je préfère, je t'en donne ma parole d'honneur. (*Il mange une datte et crache le noyau.*) Pas mauvais, pas mauvais ! Je peux en reprendre une ?

LE RUSSE. On ne te donne rien à bouffer, dans ta caserne capitaliste ?

(*Rires.*)

LE SOLDAT. Écoute, ma tante. Je vais arranger les choses pour te faire plaisir. (*Il goûte une autre datte.*) À cette heure-ci, le grand chef Tougoul est en train de discuter avec le chef anglais. Un petit gros, avec un drôle de chapeau.

MAMAN. Churchill. Oui, je sais.

LE SOLDAT. En anglais, hein ? Il discute en anglais. Alors

qu'il est français. *(Engouffrant une poignée de dattes:)* Pas mauvais du tout. J'ai toujours dit que les dattes de Goulimine sont les meilleures.

MAMAN. Il discute avec Churchill, d'accord! En anglais, d'accord! Et après?

LE SOLDAT *(crachant les noyaux)*. Après, ça va être le tour de l'Américain. Et il va discuter avec lui en américain, ce qui est très différent.

MAMAN. Roosevelt. Je sais.

LE SOLDAT *(ébahi)*. Oui, c'est lui-même. Dis donc, toi, tu connais tout le monde?

MAMAN *(c'est l'évidence même)*. Parfaitement. J'ai le téléphone.

LE SOLDAT *(la bouche pleine — ah! le salaud! bouffer les dattes de De Gaulle sous mon nez!)*. Il va être très fatigué, ma tante. Tu comprends? Discuter comme ça, en français d'abord avec ses aides de camp, puis en anglais avec le petit gros, puis en américain — en américain! — avec le O.K... Tu te rends compte? Moi, j'en serais incapable. Il n'en peut plus, cet homme. Il n'a qu'une seule langue, après tout.

MAMAN *(prête à éclater en sanglots)*. Alors, nous sommes venus pour rien?

LE SOLDAT. J'ai pas dit ça, j'ai pas dit ça. Qu'est-ce que tu lui veux, à Tougoul? Raconte! Je lui transmettrai. Raconte! *(Et le voilà encore à s'empiffrer! Il ne me laissera pas une seule datte: je connais ce genre de dromadaire.)*

MAMAN *(récitant)*. Au nom de Dieu, Maître des Mondes, dis-lui: article 1: de Gaulle, tu es comme moi...

LE SOLDAT *(mâchant du côté gauche de la bouche, à droite, ses lèvres se soulèvent comme une soupape et il rejette les noyaux, deux par deux. Il n'arrête pas)*. C'est pas possible, ce que tu dis là. Je ne suis qu'un soldat de 2ᵉ classe. Il n'est pas comme moi, voyons!

MAMAN. Comme *moi*, tête de crocodile!

LE SOLDAT. Pas d'accord. Tu es une femme. Je l'ai vu tout de suite.

MAMAN. Il est comme moi, parce qu'il veut le triomphe de la liberté et la souveraineté de son peuple.

LE SOLDAT. Le triomphe de... Bon, je lui dirai.

(La foule se tait peu à peu.)

MAMAN. Il me ressemble parce qu'il est de la vieille génération. Je le connais. J'ai lu ses discours, en particulier celui de Brazzaville[1]. Ils sont porteurs des valeurs anciennes. C'est du moins ce que m'a dit Nagib, qui m'a traduit quelques-uns de ses discours.

MOI. Oui. On a un gros dictionnaire, on l'a acheté au marché. J'ai sué sang et eau, mais je suis arrivé à saisir l'essentiel.

MAMAN *(au soldat)*. Dis-lui ça, au général. Dis-lui que je crois comprendre sa politique.

LE SOLDAT *(déglutissant)*. Je ne fais pas de politique.

MAMAN *(sévère)*. Dis-lui.

LE SOLDAT. Te fâche pas, petite mère. Je ferai mon devoir de soldat.

MAMAN *(parlant lentement d'abord, puis de plus en plus vite)*. Dis-lui qu'il n'y a pas que les hommes sur la terre. Il y a également les femmes et on ne nous a pas consultées. Nous existons, nous sommes là, tu le vois bien. Il y a aussi les enfants, ils existent : oui, mais qui a tenu compte d'eux ? Et les pauvres, les faibles, les va-nu-pieds, tous ceux qui n'ont pas de voix ? On ne leur a pas demandé leur avis, non plus. Les animaux, les poissons des fleuves et des mers, les oiseaux du ciel. Toi par exemple, on t'a demandé ton avis, tout grand gaillard que tu es ?

1. Le 30 janvier 1944, de Gaulle prononce un discours à Brazzaville, où il dessine le projet d'une Union française qui refuse l'autonomie aux colonies.

LE SOLDAT *(affolé)*. Qui ? moi ? moi ?

MAMAN *(impitoyable)*. Oui, toi, toi.

LA FOULE *(chantant)* :

> *Toi, mon gars, toi, va à la guerre !*
> *Allez, fais-moi plaisir...*
> *— Et toi, mon capitaine ? et toi ?*
> *— Moi, je te commanderai,*
> *Je m'occuperai de ta veuve...*

LE RUSSE. Réponds, valet de l'impérialisme ! sinon, on ira démolir ta caserne. Plus de coexistence pacifique !

MOI *(au Russe)*. Tais-toi, bourrique ! Tu es en avance sur ton époque.

LE RUSSE. C'est pas vrai ?

MAMAN *(au Russe)*. Clos ton bec et cesse de ricaner comme un singe ! on ne s'entend plus...

LA FOULE. Si-lence !... silence !...

LE SOLDAT. Garde-à-vous !

(Le silence s'installe.)

MAMAN. Répète au général ce que je t'ai dit.

LE SOLDAT *(qui a tout compris)*. Je lui dirai. Les soldats, leurs femmes et leurs enfants. D'accord, c'est noté.

MAMAN. Article 2 : Si certains peuples seulement ont déclenché ce carnage, il faut que tout le monde ait droit à la paix et y participe. Toi, par exemple, soldat...

LE SOLDAT *(joignant les talons)*. Présent !

MAMAN. Je te pose une question : qui va à la guerre ?

LE SOLDAT *(front plissé par l'effort)*. L'armée.

MAMAN. Qui ça, l'armée ?

LE SOLDAT *(son front redevient lisse comme une savonnette)*. L'armée.

MAMAN. Mais qui, dans l'armée ?

LE SOLDAT. Les copains, moi, le régiment, les gradés. Tout le monde, quoi!

MAMAN *(d'une voix douce).* Voi-là!

LE SOLDAT *(content de lui).* Voilà!

MAMAN *(abrupte).* Et qui va en première ligne? Les gradés?

LE SOLDAT *(son front mesure trois centimètres à présent).* Non. Les bleus. Les sans-grade.

MAMAN. Voi-là!

LE SOLDAT. Non, pas voilà! Je ne comprends toujours pas.

MAMAN. Ça ne fait rien. Il comprendra, lui.

LE SOLDAT. Qui?

MAMAN. De Gaulle.

LE SOLDAT *(avec un large sourire de dérision devant tant d'incompréhension).* Ce n'est pas vrai, ce que tu dis là, ma tante: il est général, il ne va pas en première ligne.

(Mouvements divers).

MAMAN. Il comprendra si tu lui répètes ce que je t'ai dit.

LE SOLDAT *(c'est l'évidence même).* J'ai déjà oublié. Tu recommences?

MAMAN *(lui arrachant son fusil et le braquant sur le soldat).* Tu lui répéteras ce que je t'ai dit, mot pour mot.

LE SOLDAT *(rapetissé d'un seul coup, ce qui est normal: il n'a plus son fusil, il n'a plus rien, il n'est plus rien du tout).* Attention! attention! il est chargé! fais gaffe!...

MAMAN. Répète après moi et répète au général de Gaulle: article premier... la liberté...

LE SOLDAT. Article premier... la liberté...

MAMAN. ... appartient à tous.

LE SOLDAT. ... à tous. Compris. C'est facile. La quille, quoi!

MAMAN. Pas de commentaires! Tu es en service commandé.

LE SOLDAT. Oui, sergent. Rends-moi mon arme !

MAMAN *(lui labourant le torse du canon).* Article deux…
répète !

LE SOLDAT. Article deux répète. Rends-moi mon fusil,
sois gentille !

MAMAN. Ceux qui ont supporté les horreurs de cette
guerre doivent passer en premier. Construire le monde de
demain. Et nous ne voulons plus d'avocats, de gens qui
pensent pour nous et agissent pour nous. Nous voulons un
monde de pureté, de bonté, de beauté et de joie. Les
hommes se sont toujours trompés, ont commis des erreurs,
ont bâti toujours une paix *avec* les ruines de la guerre. Nous
ne voulons plus de ce monde-là. Répète !

LE SOLDAT. Je pourrais manger quelques dattes avant ?

MAMAN. Non. Répète !

LE SOLDAT. Par pitié, petite mère ! Regarde ce que tu as
fait de moi, quinze ans d'armée de carrière, trois citations,
soldat de deuxième classe, bientôt caporal si Dieu le veut.
Tu viens ici, avec tes copains, des chanteurs, des musiciens.
Tu m'arraches mon fusil, tu me parles de grosses huiles que
je ne connais pas, et en particulier d'un Tougoul — Tougoul !
Je fréquente pas les gradés, moi. Tu me dis des choses plus
grosses que des figues de Barbarie, et il y en a d'énormes
pourtant du côté de chez moi. Et tout ça pour trois poignées
de dattes. De Goulimine, par-dessus le marché ! alors que
je préfère celles de Zagora ! *(Il crache par terre.)* Comment
veux-tu que je n'attrape pas la migraine ?

Que fit ma mère ? Elle lui rendit son fusil et lui commanda :

— Repos ! Repos éternel !

À partir de ce moment-là, le soldat fut dépassé par les
événements. Je ne l'ai plus revu en tout cas, bien que par la
suite je l'aie cherché sous mes pieds quand la foule s'est
mise en marche. Maman avait levé le bras — et le squelette
du régime de dattes comme une baguette de sergent-major

— et moi mon drapeau immense : la marée humaine monta vers la villa. Ce furent d'abord les voix qui affluèrent, chargées du limon de la patience — deux à trois mille gosiers répétant à perce-tympan les articles de la Constitution Universelle des Peuples Non Encore Indépendants (P.N.E.I.) :

— ... Article trois : l'attitude de tremblement et de stupéfaction n'est plus de mise. Aucun pigeonneau, quand lui poussent des ailes, n'est stupéfié ni ne tremble devant ses parents les pigeons... alors pourquoi nous ?...

— Article quatre : nous avons nos quatre membres et nos trente-deux dents — on ne pourrait pas en dire autant de ceux qui nous dirigent...

Je connais la foule. Ma foule. J'y ai toujours vécu. Elle scandait, ivre du désir de vivre. Je connais mes copains qui pouvaient diriger et canaliser deux ou trois brigades de policiers. Ils ne pouvaient plus contenir cette foule. *Je ne connaissais plus ma mère.* Ni ses amies à qui elle avait insufflé le mouvement, comme il est dit dans les saintes Écritures : Dieu façonna l'homme d'argile et lui insuffla la vie. Ces femmes-là et surtout ma mère — ma mère ! — représentent une force capable de triompher sur un ring en deux rounds, j'en ai eu la révélation ce jour-là. Elles ne pouvaient plus se payer de mots. Elles avaient attendu toute leur vie — riches de l'attente de leurs aïeules et bisaïeules, une patience de plusieurs siècles qui pouvait faire évaporer l'océan Atlantique, sinon leur destin passif. Elles avaient faim et soif d'exister. Par elles-mêmes et pour elles-mêmes et non plus pour les autres. Je ne suis peut-être pas aussi savant que le petit loustic qui mange un journal à son petit déjeuner — mais c'est ce que j'ai ressenti à cette heure. Elles ne s'étaient pas réveillées pour entendre et manger et boire des mots.

La grille fut comme escamotée (j'ai su plus tard que le Russe l'avait vendue à la criée) et ces femmes d'un autre

âge, que j'avais toujours crues pacifiées par les siècles, entraient en rangs serrés dans le jardin, silencieuses et décidées comme un outsider qui livre son premier combat. Et c'est alors qu'une fenêtre de la villa s'est ouverte.

Un grand impavide coiffé d'un képi apparut. Longtemps il nous considéra comme si nous faisions partie intégrante de sa personne. Et ma mère le considéra aussi — comme si elle et lui étaient seuls en présence, sur une île déserte. Puis il leva les bras au ciel, les mains nouées et la pomme d'Adam tressautante. Le quartier d'Anfa tout entier l'applaudit : une seule et même déflagration, depuis le Russe jusqu'au ressac de la mer.

Je regardais maman. Elle était la seule à ne pas applaudir.

— Qui est-ce ? m'a-t-elle demandé.

— Tougoul, voyons ! ai-je répondu. Tu ne l'as pas reconnu ?

— De Gaulle ? m'a-t-elle dit, pensive. C'est étrange. J'ai cru voir ton père. Il lui ressemble trait pour trait.

— Mais il a un képi.

— Oui, évidemment.

3

Elle tint tête à mon père. J'étais dans ma chambre ce soir-là, mais j'ai des oreilles comme tout le monde. Et puis, la porte ne fermait pas très bien.

J'étais en train d'étudier les pronostics de boxe — Jack La Motta rendait bien une livre à son challenger, c'était couru d'avance — quand la voix est montée m'atteindre dans mon lit. M'étreindre. J'ai allongé le bras et j'ai ouvert la porte toute grande. Il faisait chaud. J'ai plié mon journal en deux, puis en quatre, et je m'en suis servi comme d'un éventail. Il faisait vraiment trop chaud.

C'était une voix de contralto voilée. Je ne l'ai su que par la suite — que c'était ainsi qu'on l'appelait : une voix de contralto voilée. Je l'avais entendue déjà, dans les grandes occasions. Deux ou trois fois dans ma vie et dans celle des autres. Deux ou trois fois où j'eusse préféré être loin, très loin. À la pêche, par exemple, sur une barque, tout seul, entre ciel et mer. Piquer un gros poisson, le ferrer, lui taper dans le dos, allez viens, mon copain, viens donc ! Il aurait frétillé, il aurait martelé le fond de la barque avec sa queue, il serait mort en me regardant droit dans les yeux, mais sans rien dire. Sans rien dire.

Moi, avant de savoir et de comprendre le monde et ses habitants, de donner un nom à chaque être, à chaque chose,

quand cette voix me soulevait et me vrillait, je la qualifiais ainsi : une voix de velours dans un gosier de fer. C'est pourquoi ce soir-là, quand elle est montée soudain me faire vibrer la peau, j'ai replié mon journal et je ne me suis plus intéressé à ce match de Chicago. Il était couru d'avance. À six et demi contre un.

— Oh non ! disait la voix. Oh non ! pas du tout. J'essaie simplement de me rendre compte. Un poulet rôti ne peut pas redevenir ce qu'il était auparavant, picorant, battant des ailes et faisant : cot-cot-cot !... Il est cuit, rôti. Il n'y a plus qu'à le découper et à le manger à belles dents.

Mon père a commencé à lui répondre.

— Que viennent faire ici les volailles ? Nous sommes dans un salon et non dans une basse-cour, il me semble. Depuis quelque temps, tu as adopté un langage bizarre, un comportement insolite. Je ne te reconnais plus, je ne te comprends plus. Pendant des années, des années...

Je n'ai pas pu saisir la suite. J'ai mis le petit doigt dans le creux de l'oreille et je l'ai tourné dans le sens des aiguilles d'une montre. Mais ce n'était pas cela, pas de bouchon de cire. C'était mon père. Jamais il ne se mettait en colère. Même quand il me donnait des taloches. Je le sais. Plus il était en colère, plus sa voix devenait calme, basse, feutrée. Quelque chose comme la voix du caoutchouc.

J'ai sauté à bas de mon lit. On n'a pas idée de fabriquer des matelas en laine vierge, aussi épais qu'un mouton sur pattes. Comment pouvait-on y trouver le sommeil par une nuit d'août comme celle-là ? dans ce pays ?

J'ai enfilé la culotte de mon pyjama, pour les bonnes mœurs et les courants d'air. Suis allé m'étendre sur le palier du premier étage. De la bonne mosaïque artisanale, fraîche comme un puits.

— Oh ! mais oui, reprenait la voix de contralto voilée. D'accord, d'accord. Tu m'as toujours tout payé. Depuis

mes dessous jusqu'à mes cure-dents, en passant par le ravi-
taillement et les pinces à linge. Tout cela. Oui, tout cela.
Non, monsieur, non : mes désirs n'étaient pas exaucés. Ils
étaient prévenus. Ils étaient les tiens. Maintenant, si tu ne
comprends pas, je suis prête à passer à travers le chas d'une
aiguille. C'est difficile, dis-tu ? Impossible ? Peut-être, mais *je
peux* le faire. Je peux tout faire.

Il y eut un long silence. Long comme un boa qui se
déroule anneau après anneau avant l'attaque. Je me suis
déroulé, moi aussi, jusqu'à la cage d'escalier. Ces mosaïques
sont très jolies, ma foi. Mais un peu trop dures pour mes
cent kilos de viande sèche. Je me suis assis sur la deuxième
marche, la première me servait de dossier. Un bon fauteuil
dans les premiers rangs. Je ne voyais pas le ring, mais j'étais
bien placé pour entendre le bruit des gnons.

Le caoutchouc s'était transformé en gomme arabique. Il
y avait maintenant dans la voix de mon père tant de douceur
que j'ai failli claquer des dents.

— Les femmes de ta génération ne pourraient pas en
dire autant. Quand je t'ai épousée, tu avais treize ans.
Orpheline depuis toujours. Aucune famille. D'aucune sorte.
Tu ne savais même pas ce qu'était un œuf, comment le
casser, comment le cuire, qui pouvait bien le pondre, chat,
vache ou éléphant. Je t'ai élevée, tu n'avais pas de passé, j'ai
fait de toi une femme honorable, je t'ai facilité la vie. J'ai
résolu tous tes problèmes. Je sais lutter. Et vaincre. Si tu
étais l'épouse d'un va-nu-pieds, je pourrais comprendre.
Explique-toi. Parce qu'en mon âme et conscience, je ne
comprends pas.

— Voilà, a répondu ma mère. Nous avons eu deux
enfants.

— Oui, deux enfants. Je les connais. Et alors ?

— Ils ont commencé par être des bébés. Ils ont grandi,

d'année en année. Et maintenant ils ont des ailes. Comprends-tu?

— Rien. Rien de rien. D'abord c'était un poulet rôti. Ensuite tu as fait allusion à un numéro de cirque, une histoire d'aiguille. Voilà que tu parles à présent d'enfants avec des ailes dans le dos. Parle clairement. Je t'écoute.

C'est alors que la voix de velours brisa le gosier de fer. J'aurais dû m'enfuir et aller m'enfouir sous mon matelas. Au lieu de cela, j'ai tourné avec l'escalier tandis que la voix montait en ton et en véhémence. Elle n'était plus que souffrance quand je suis arrivé à la dernière marche et que je m'y suis assis. J'étais en eau.

— Eh bien, disait la voix, j'ai grandi, moi aussi. Tu ne t'en es pas encore rendu compte? Quand je suis entrée dans cette maison, je n'avais pas toutes mes dents. J'en ai trente-deux maintenant, je les ai comptées, regarde!... Ma taille s'est allongée et j'ai pris du poids. Mais mon âme, dis? mon âme?

C'est ce qu'elle a dit, de cette voix-là montante comme une marée d'équinoxe venue du fond de la mer avec tout le poids d'une vieille, très vieille patience. Elle a dit:

— Dis? mon âme? où est-elle? qui est-elle? que fait-elle? pourquoi? en ai-je une? pourquoi? qu'est-elle devenue? a-t-elle grandi, elle aussi? pourquoi? à quoi ressemble-t-elle? à une gousse d'ail que l'on écrase dans un mortier ou à un balai que l'on remise derrière une porte? et pourquoi? va-t-elle pouvoir un jour chanter, danser, faire résonner ma carcasse comme des claquettes et battre ma peau comme celle d'un tambourin? Elle est à l'abri depuis toujours, alors qu'elle voudrait avoir froid, je le sais. Oui, froid. Et faim et soif et joie et misère et vie de tout ce qui existe au-delà de cette porte en chêne clouté et qui n'existe pas pour moi, jamais, d'aucune façon, et dont je ne sais presque rien, hormis le ravitaillement dont tu me gaves, les ordres

et les modes d'emploi que tu n'as cessé de me donner, la morale dont tu me graisses, les rênes dont tu me brides et les œillères dont tu m'aveugles. Cent fois oui, j'aurais préféré être un de ces va-nu-pieds que tu méprises. J'aurais au moins appris la rugosité de la terre. Savoir la valeur de ma subsistance que j'aurais arrachée au sol, ressentir la chaleur du soleil, les averses croulant sur ma tête nue. Tant de peuples relèvent la tête, acquièrent leur liberté, alors pourquoi pas moi ? et quelle différence y a-t-il entre mes propres enfants et moi ? Pourquoi ont-ils eu, eux, l'occasion de savoir d'où ils venaient, qui ils étaient, et vers quoi ils se dirigent — et pourquoi pas moi ? parce que je suis une femme ? parce que je suis ton épouse ? À ce compte-là, il fallait te marier avec ton propre portrait. Oui, monsieur, oui. Me voici à l'âge de trente-sept ans — et je vais te dire : je ne sais rien. Rien du peuple parmi lequel je suis née, de la terre qui m'a nourrie, rien de ma propre culture, de mes propres origines, de ma propre langue, de ma propre religion. Mais je mange. Oh ! ça, oui, je mange, je broute, les greniers sont pleins, l'argent coule à flots, je n'ai pas à me faire le moindre souci.

Elle a encore haussé le ton jusqu'à se briser la voix et briser son océan contre ce rocher qui s'appelait son époux.

— Si mon âme, par un coup de baguette magique, sortait là, devant moi, à cette heure, je serais la première étonnée. Je ne la reconnaîtrais plus. Il me semble que je verrais apparaître à sa place un enfant idiot avec une grosse tête. Je lui dirais : « Écarte les oreilles que je voie tes beaux yeux ! » Mon âme me regarderait sans rien dire, sans sourire, sans me comprendre.

Puis elle s'est tue. Je pouvais l'entendre reprendre sa respiration, se ramasser morceau par morceau, je pouvais entendre le sang se calmer lentement dans ses veines, et se calmer la tempête, et tomber le vent. Pendant tout ce

temps-là, mon père n'avait pas dit un mot, ni toussé, ni soufflé, rien. L'horloge à poids a sonné trois heures dans une ville déserte. Trois coups de cuivre rouillé. Ce fut comme si le vieux passé venait enfin de mourir pour nous tous qui étions là, dans cette maison : mon père, ma mère, moi — l'horloge, les lits, les coffres, tapis et tentures, et tous les souvenirs.

— C'est Nagib ? a demandé le rocher avec ce qui lui restait d'écume sur la tête. C'est lui qui t'a appris la révolution bolchevique[1] ?

Il y eut un silence. Jamais ma mère n'a su mentir. Ni éluder. Pour elle, une côtelette d'agneau ou du pot-au-feu, ce n'était ni plus ni moins que de la viande, sans aucune différence politique. Mais j'étais son enfant, de son bord, elle voulait me protéger. C'est pourquoi elle a pris le temps de caler sa langue dans la bouche avant de répondre :

— À ton avis, on plante un arbre par les racines ou par la cime ? C'est Nagib qui m'a enfantée, ou le contraire ?... Hein, à ton avis ?... Avant la révolution, peut-être bien qu'il y avait une révoltée. Nagib n'a fait que me fournir les armes. On peut tirer un âne avec une ficelle, mais non le pousser.

— C'est juste et c'est exact. Elle était déjà sur le ring, en train de faire des moulinets avec ses bras et de tourner sur elle-même comme un derviche. La pauvre petite n'avait pas de gants, elle ignorait les lois de la boxe, elle n'avait aucun entraînement, elle ne savait même pas ce que c'est qu'un round. Bonsoir, petite maman. Ce qu'il fait étouffant ici, tu ne trouves pas ? Salut, Pa.

Et je suis allé m'asseoir entre maman et Pa. Dans l'attente du Jugement dernier. Avec tous les poils de mon torse. Il y avait une petite table basse et ronde. Sur la table un plateau d'argent ciselé : théière, verres dorés, un pain de

1. Révolution russe d'octobre 1917 menée par Lénine.

sucre, des gâteaux aux amandes et, vrai Dieu, un bol plein d'olives noires.

— Qui en veut?

Personne ne répondit.

— Ah! bon... Ce sont pourtant des olives ridées, pleines d'huile d'olive, ça donne des forces. Non, vraiment?... Ah! bon...

Et je les ai mangées toutes, deux par deux. Mâche, Nagib, mastique en prévision du Jugement dernier, Dieu seul sait ce qu'il y aura à manger dans l'autre monde. J'ai donc mastiqué avec soin, j'avais le temps. Ensuite, j'ai entassé proprement les noyaux dans le bol.

— Bon. Qu'est-ce qu'on fait maintenant?

— Tu as terminé? me dit lentement mon père — lentement, avec beaucoup de douceur.

Debout, mince et dur, il laissait tomber sur moi un regard en fil à plomb, comme la lumière d'un réverbère — sur maman aussi, mais elle restait là, en visite dans sa propre maison, avec ses pensées croisées et les bras croisés. Avant de me lever à mon tour, je me suis essuyé les doigts sur la culotte de mon pyjama. Et, même après, il y avait une odeur d'huile entre mon père et moi. C'est fou ce que ces petites olives peuvent être tenaces.

— Oui, Pa. J'ai terminé. Pourquoi?

— Sors!

— Ah! bon...

Des yeux et de l'index, il a commencé à me pousser droit devant lui.

— Sors!

Il n'a pas élevé la voix, pas levé la main sur moi, rien. Son visage était empreint de bonté et d'honneur et, tandis que je me dirigeais vers le vestibule à reculons, il me suivait pas à pas, calmement. Il était comme ça, Pa. On n'en fait plus comme lui — arbres, lions, ou êtres humains.

Nous sommes ainsi arrivés devant la porte d'entrée. Il l'a ouverte sans faire le moindre bruit, ni lui ni la porte. Poliment, il l'a rabattue sur lui pour me livrer passage, la tête inclinée de côté.

— Sors !

— Tu n'es pas fâché au moins, Pa ?... Non ? Alors on se serre la main comme des grands ?

Il a eu un demi-sourire, m'a tendu la main droite. Je l'ai serrée dans ma patte avec admiration. Elle sentait la droiture, le tabac et la claque. J'ai serré un peu plus, un tout petit cran, j'ai tiré vers moi et j'ai dit :

— Si tu sortais, toi, Pa ? Va respirer l'air de la nuit, ça te fera du bien, crois-moi.

Et j'ai refermé la porte sur son dos. À clef. C'est vrai, quoi ! il faisait trop chaud dans cette maison. Le moindre drame, et elle flamberait avec ses habitants. J'ai mis la clef dans mon slip et, les bras bien écartés du corps, j'ai regagné le salon. Peut-être, à la minute présente, Jack La Motta était-il en train d'encaisser de vieux coups ? Bah ! je le saurais demain matin.

— Les gâteaux sont toujours là ? Ils ne se sont pas sauvés ?

J'ai reçu une réponse à la tête, juste entre les deux yeux que Dieu m'a faits : le bol plein de noyaux d'olives.

— Comment tu l'as shooté, m'man ? De trois quarts ou droit devant ? De trois quarts, je parie, comme je te l'ai appris, pour tromper le goal. Et tu disais la semaine dernière que tu ne connaissais rien au foot ? Bravo, m'man ! si tu continues comme ça, tu ne vas pas tarder à passer inter droit...

Sans un mot, elle m'a lancé tout ce qui se trouvait à portée de sa main — ou de son pied, je n'ai pas pu contrôler. Debout, tendue, vibrante. C'était comme si sa colère aimantait et attirait vers elle les objets : je bloquais, bien entendu,

mais ses gestes étaient diablement rapides et ce qu'elle shootait bien ! À la fin de la mi-temps, j'avais presque reconstitué la table et ce qu'il y avait eu dessus. Presque : la plupart des gâteaux, je les avais mangés au passage et j'avais laissé mourir deux ou trois verres. Ils étaient vieux, du siècle dernier, c'était Grand-Pa qui nous les avait légués. Je ne l'ai jamais connu d'ailleurs. J'ai dit :

— Bon, qu'est-ce qu'on fait maintenant ? on reprend la partie ou on discute tranquillement, entre hommes ?

Les dents serrées, elle a marché sur moi, petite, menue, si fragile. Je pouvais lancer n'importe quel bras et la happer, je pouvais la monter sur mon dos et la border dans son lit. Il y a une limite à tout, même dans un commissariat de police. J'ai dit :

— Quoi ? qu'est-ce que j'ai fait ? on dirait que tu es en colère contre moi, je ne comprends pas.

Elle a traversé le salon, s'est arrêtée presque contre moi, à me toucher, elle a renversé la tête pour me considérer. Je me suis baissé, presque accroupi. J'étais ainsi à sa hauteur. Nous nous sommes regardés dans les yeux. Elle n'avait pas un seul cil.

— Pourquoi es-tu si pâle, m'man ? À souffler de la sorte, tu vas perdre ta bonne humeur. Qu'est-ce que j'ai fait, à la fin ? J'étais là-haut, dans ma chambre, en train de bouquiner un vieux journal, quand je t'ai entendue. Tu avais besoin d'aide, alors me voilà. Rien de plus simple.

J'étais sur le point d'éclater de rire et de la soulever dans mes bras, quand elle a ouvert la bouche. Et ce qui en est sorti, ce fut la voix. *Avant* les mots. Les mots, elle en a crié cinq ou six, peut-être deux douzaines, en pure perte : mon cerveau n'en a gardé nulle trace, nulle résonance. La voix de contralto voilée, je l'ai entendue tout de suite, plus rapide, beaucoup plus sensible que n'importe quel mot. Elle

était là, levée sur moi et contre moi comme le sirocco, m'atteignant de toutes parts.

— Je n'ai pas besoin d'aide, poursuivait la voix. Ni de toi ni de personne. Je suis à présent consciente, entièrement responsable de ma vie, entends-tu? Je ne suis pas en train de me libérer de la tutelle de ton père pour venir te demander ta protection, tout grand gaillard que tu es. Je sais ce que j'ai à faire. Et qu'est-ce que c'est que cette tenue? Tu veux que je te mette du poivre sur la langue? On ne se montre pas devant sa mère vêtu d'une peau de bête.

— Mais, m'man, ce n'est pas une peau de bête. Ce sont mes poils.

— Et d'abord, qu'est-ce que tu fais à cette heure? Qui t'a permis de descendre ici? T'ai-je demandé de prendre la situation en main ou d'éplucher les oignons?

— Non, m'man.

— Alors, va ouvrir cette porte, demande pardon à ton père et monte te coucher.

— Bien, m'man. Très, très bien. À tes ordres.

Je me suis relevé, je suis allé ouvrir la porte, j'ai crié «pardon» dans les ténèbres de la rue et j'ai regagné mon lit de mouton. Quelle heure pouvait-il bien être à Chicago? Quel que fût le résultat du match, ce vieux Jack La Motta ne pouvait avoir un moral aussi furieux que le mien.

4

Pendant huit jours, elle ne m'a pas adressé la parole. Pa non plus. J'entrais comme dans un restaurant, dormais comme dans un hôtel, sortais comme d'une église — une vaste demeure en ciment armé où quelqu'un chantait à tue-tête du matin au soir. Moi.

Cette politique d'attente indéterminée a servi par la suite de programme à maint gouvernement arabe. Mais personne n'a chanté. On ne peut pas forcer à boire un âne qui n'a pas soif.

*

Trois ou quatre cèdres debout sur la falaise, mi-chauves, tout gris, nous regardent en soupirant dans la brise du soir. Une mouette tournoie au-dessus de ma tête, me surveille comme si j'étais un congre — puis s'en va rejoindre le soleil à l'horizon. En ricanant avec une voix de tôle. Blanco, le cheval du petit loustic, se secoue sur la plage. Un long tressaillement fibre par fibre, ondes successives de la croupe aux naseaux. Comme il a les pieds dans l'écume, son frisson se communique aux vagues de la marée montante. L'âge, la solitude, les rares nouvelles qu'il reçoit de mon frère l'ont

presque fait retourner à son état d'origine. C'est un vrai philosophe.

— Nous, les humains, dit ma mère, nous ne pouvons pas faire comme lui, revenir en arrière. Nous sommes condamnés au progrès et à la civilisation industrielle. Tu n'es pas un cheval ?

— Non, m'man. Pas même un zèbre de la ville.

— Alors cesse de rêver et creuse.

Je creuse. Depuis une heure. Dans la pierraille et le chiendent. Dans mon cœur aussi. J'ai un outil américain, que j'ai ramassé quelque part dans la ferme de mon père, là-bas, à un jet de pierre, derrière la falaise. On le plie : c'est une bêche. On le déplie : c'est une pelle. Il sent l'huile de la technique et il serait capable de se sauver si je ne le retenais pas à deux mains, tant il est léger.

Je creuse, bêche et pellette suivant les directives de ma mère. Assise sur un coffre, mains jointes et chevelure en panache sous le vent, elle contrôle tout, la moindre poignée de terre, le moindre caillou. Elle a ses mesures, qu'elle a prises mentalement, une fois pour toutes.

— Creuse plus profond, plus à l'est, en direction de La Mecque.

— Bien m'man.

Après le sable et la terre, j'ai creusé dans la glaise. Et, en dessous, j'ai trouvé de l'eau. La première étoile du soir s'y est allumée, plus grande que dans le ciel.

— Et l'eau, m'man, je la pompe avec quoi ?

— Remonte de la tombe et viens m'aider.

Elle a ouvert le coffre sur lequel elle s'était assise et m'a tendu les souvenirs qu'il contenait, objet après objet. Chaque morceau de son passé, elle le tenait à bout de bras et le considérait longuement dans le soleil couchant — et je sais maintenant que les choses inanimées prennent la couleur du sang au moment de leur mort. Les vieilles robes qui

l'avaient rendue sans forme pendant des années, le miroir en acier poli où elle avait vainement cherché son image, ses flacons de parfums, le bol de faïence où son rouge à lèvres à base de coquelicot stagnait depuis son adolescence, le fer à cheval qui était censé conjurer le sort, sa poupée de chiffon, les coquillages que mon frère lui avait rapportés de cette même plage, ses babouches, ses mules, son peigne en os, ses bagues — tout, oui, tout est devenu rouge devant ses yeux rougis. Et, avant de me le tendre, elle embrassait chaque objet.

— Au revoir... Au revoir...

Debout sur le tas de terre et de glaise, je laissais tomber dans la fosse ces témoins de toute une époque. La poupée, elle l'a serrée dans ses bras et l'a bercée, lui a fredonné une mélodie joyeuse qui m'a rendu à moitié fou. Et ce fut elle qui l'enterra. On peut renoncer à tout, sauf à l'enfance.

J'ai traîné le coffre et je l'ai précipité dans le trou. Il était vide à présent, il n'avait plus d'âme.

— Donne-moi cette pelle, mon petit.

Elle l'a prise, l'a plantée dans le morceau de terre, s'y est appuyée.

— Paix à vous tous, vieux compagnons d'enfance et de jeunesse, au nom de l'avenir qui commence ! Je vous ai aimés, oh ! oui. Vous avez été mes confidents, nous avons ri et pleuré ensemble. Mais, vous comprenez ? il est préférable que je vous enterre avant que vous ne deveniez des témoins gênants pour notre siècle. Si je vous préservais de la civilisation, vous seriez comme des vieillards dans un asile de vieillards. Vous ne voudriez pas cela, dites ? Vous ne voudriez pas qu'un jour on vous jette dans une poubelle ou dans une décharge publique — ou encore qu'on vous relègue dans une arrière-boutique d'antiquaire ? Les générations futures vous montreraient du doigt, en riant : « Haha !... regardez-moi cette défroque ?... Haha !... » Non, croyez-

moi, ici, face à l'Océan, vous avez une belle sépulture, à la mesure de votre passé fruste et crédule. Et peut-être, quand ils iront à la recherche de leurs origines, les hommes des siècles futurs vous déterreront-ils en s'écriant : « Mon Dieu ! comme la vie était simple en ce temps-là ! » Peut-être diront-ils quelque chose comme cela, je n'en sais rien. Les prophètes sont derrière nous — et non devant. Au revoir, mes amis ! Au revoir dans l'autre monde !

Elle a soulevé la pelle et a comblé la fosse. À moitié.

— Va chercher l'arbre.

Je suis allé relever l'oranger qui était couché sur la galerie de la voiture. Nous l'avons planté sur le passé, nous avons tassé la terre à coups de pelle, puis avec nos paumes. La terre sentait le varech, ma mère sentait les larmes et moi la sueur. L'Océan toussait comme un vieillard. Perdu entre crépuscule et scintillement des étoiles dans les vagues, Blanco hennit. Une seule fois. Ce fut la dernière fois que j'ai entendu sa voix. Et la dernière que j'ai vu ce vieux philosophe.

*

Tout ce qui restait dans la maison, elle l'a vendu. Au bazar, à la criée, assistée de deux stentors. Meubles, tapis, tentures, coffres, vaisselle — même mon lit. J'y étais né pourtant.

Pa n'a rien dit. La mine grave, il entrait, mangeait, dormait, sortait. À heures fixes. De l'aube à la nuit, nous chantions, maman et moi.

5

Elle a peint toute la maison. Elle-même. C'était sa volonté, écrite dans ses yeux en lettres majuscules : « LAISSE-MOI FAIRE ! » Je lui tenais le seau, les pinceaux et les brosses. Comme les plafonds étaient aussi hauts qu'un petit ciel, je lui tenais l'échelle aussi. La maison était immense, maman avait un rythme très lent, elle a donc peint tout l'été.

Nous dormions dans le patio, à ciel ouvert, les uns serrés contre les autres, comme une famille bien unie. Il ne manquait que le petit loustic pour rire avec moi, avant de m'endormir.

— Bonne nuit, disait maman.

— Bonne nuit, répondait son écho depuis le premier étage.

— Dors bien, disais-je.

— Dors bien, entonnait un crieur public dans l'escalier.

Elle s'endormait aussitôt, la tête sur son coude, paisible. Pa et moi, nous allumions alors notre première cigarette de la nuit, afin d'essayer d'atténuer l'odeur de peinture — une de ces vieilles peintures à l'huile qui traversaient les murs. Nous fumions jusqu'au sein de la nuit. Quand il avait terminé son paquet, je lui passais le mien. Ou le contraire. La dernière cigarette, nous la fumions ensemble, en copains, une

bouffée pour lui, une « taffe » pour moi. Il me disait de sa voix calme, avec une pincée de tristesse :

— Tu vois, mon fils, tu vois ?

— Oui, Pa.

— L'Histoire est en train de galoper plus vite qu'un cheval sauvage, mon fils.

— Oui, Pa. Passe-moi le mégot.

— On peut transformer une maison, une ville, un pays. Transformerait-on pour autant l'âme des gens qui ont vécu dans une vieille maison, une ville ancienne, un pays millénaire ?

— Je ne sais pas. Peut-être que l'âme a besoin d'un coup de peinture comme les maisons ? hein, Pa ?

— Ça doit être ça. Bonne nuit, fiston.

— Dors bien, Pa. Ne fais pas de vieux rêves.

— Je vais essayer.

*

À la fin de l'été, la maison était prête. Vous ouvriez la porte et vous passiez par toutes les gammes d'une peur bleue : peur indigo dans le vestibule, bleu ciel dans le patio, la cuisine était turquoise, balais compris, les chambres vous plongeaient en pleine mer, en pleine nuit, dans un champ de pervenches. Ceci pour le rez-de-chaussée. Murs, placards, portes et fenêtres, tout était bleu. Le plafond aussi.

Vous montiez un escalier mauve (maman avait peint également les marches) et le premier étage vous accueillait en colère : d'un rouge éclatant. Au second étage, vous vous croyiez sur le quai 17, au port, quand les montagnes d'oranges attendent leurs cargos. La terrasse, vous ne la voyiez pas sous le soleil, aussi aveuglante de blancheur.

*

Les meubles arrivèrent de France, lits, literies, vaisselle, appareils ménagers, produits d'entretien, miroirs sur pied, bibelots, tapis et carpettes «manufacturés à Lyon». Trois camions, je les ai comptés — et déchargés : les déménageurs étaient un peu trop brusques pour les choses de la civilisation.

Cinq jours plus tard, nous nous sommes mis à table. Elle était ronde et recouverte d'une nappe, sans doute parce qu'elle brillait comme une glace. Devant chacun de nous, il y avait deux assiettes, une creuse sur une plate ; un couteau à droite, une fourchette et une grande cuiller à gauche, une petite derrière l'assiette ; un mouchoir (ou une serviette ?) dans un rond en métal ; et, juste au milieu de la table, une soupière dont maman a ôté le couvercle. Elle nous a servis : deux louchées pour elle, deux pour mon père, quatre pour moi. Une cuillerée de plus et mon assiette eût débordé.

— Au nom de Dieu, Maître des Mondes, béni soit ce repas ! a dit mon père.

— Bon appétit ! a répondu maman.

J'ai conclu :

— Comment ça ? Mais c'est de la vieille soupe marocaine, dis-moi.

Elle m'a regardé d'un air peiné. Pa et moi, nous l'avons regardée aussi, attendant de voir ce qu'elle allait faire. Elle a sorti la serviette de son anneau, l'a dépliée : dans un coin, un mot était brodé : «MOI».

Nous l'avons imitée, trois secondes plus tard. La serviette de mon père était marquée : «LUI», la mienne «N». Pa a demandé, très étonné :

— Qui c'est, lui ?

— Lui, a répondu ma mère. Toi. Tu ne sais pas lire ?

Il a porté la serviette à son visage comme pour l'étudier

de plus près, s'y est mouché bruyamment et est parti en claquant la porte.

*

Elle a acheté un cartable, des livres, des cahiers, un plumier. Et elle s'est inscrite dans une école spéciale. Cours de rattrapage ou cours intensifs, je ne m'en souviens plus. Tous les après-midi, je la déposais en voiture dans le préau de l'école, allais au cinéma, tapais la carte avec mes amis ou surveillais mes affaires de trocs et de combines (les Américains étaient chez nous) — et, le soir, j'allais la rechercher.

Souvent, elle me faisait attendre, là, bêtement, moteur en marche, portière ouverte et mon pied sur le marchepied. Je klaxonnais et elle ne m'entendait pas, lancée dans des conversations croisées et des fous rires avec des petits jeunes gens à duvet et des donzelles à tête de pizza. Elle serrait toutes les mains, criait : «À demain!», se retournait pour crier encore : «À demain!» comme si sa bande ne comptait que des sourds, montait à côté de moi, plaçait sagement son cartable sur ses genoux, allumait une cigarette et me regardait avec un charmant sourire :

— Je ne t'ai pas fait trop attendre, dis?

Cent mètres plus loin et après feu rouge que je n'avais pas vu, je lançais de biais :

— Dis, m'man, tu sais que je te plains sincèrement?

— Ah! Et pourquoi?

— Allez, petite mère, ne me raconte pas d'histoires. Je suis passé par là, je sais ce que c'est.

— Tu sais quoi? De quoi parles-tu donc?

— De cette vieille école. Tu n'es pas fatiguée?

— Moi? Oh! non… Au contraire!…

La voiture faisait une brusque embardée et bondissait jusqu'à la maison.

Parce qu'elle avait des devoirs, des thèmes, des versions
— des problèmes algébriques! — elle montait dans son
bureau, criant:

— Fouille dans le réfrigérateur, il doit rester des conserves.
Moi, je mangerai un sandwich quand j'aurai terminé... Ah!
j'oubliais... Si on téléphone, dis que je suis surchargée de
travail...

C'est ainsi que j'ai ceint un tablier de cuisine — oui — et
que je nous ai mijoté, à Pa et moi, des plats où je mélan-
geais toutes les viandes: bœuf, mouton, poulet, viande de
conserve. C'est Pa qui était content! Non à cause de mes
talents culinaires, mais parce que nous mangions à la cuisine.
Assis sur nos talons, notre assiette sur les genoux, sans
couvert, rien qu'avec nos doigts, comme autrefois.

— Hmmm! faisait Pa. Hmmm! Combien de bœuf aujour-
d'hui?

— La moitié, Pa. Un quart mouton, un quart poulet.

— C'était l'inverse hier?

— Oui, Pa. Il faut bien varier le menu. Demain, je forcerai
sur le poulet.

— Passe-moi le poivre rouge.

Je sortais de ma poche un cornet en papier, il le dépliait
et saupoudrait généreusement sa viande, les yeux allumés.
Il était si content.

*

Maman achetait des livres, par paquets. Elle entrait dans
une librairie, jetait un coup d'œil synthétique sur les rayons,
en délogeait quelques volumes d'un index très sûr.

— Je vous fais un paquet, madame? demandait le libraire.

— Pas la peine, répondais-je. Elle va les lire dans la
voiture.

Il y avait bien une bibliothèque dans le bureau de ma

mère. Mais elle l'avait destinée à un tout autre usage : fleurs séchées, blocs de verre verts, violets, couleur de feu, où flambaient des rayons de soleil ; poupées avec des nattes d'un blond fadasse, petites danseuses en corail et tutu de coquillage, bibelots aux gros yeux qu'il me fallait épousseter avec une plume d'oie.

Je faisais son lit — un lit de repos aussi petit qu'elle, où elle était entrée, d'où elle était sortie sans laisser de traces, comme un oiseau. J'éteignais l'abat-jour, vidais le cendrier dans la poche de mon tablier, passais l'aspirateur ronflant entre les tas de livres. Il ne fallait surtout pas les déranger, les ranger. Ils méditaient, tels ces groupes de chômeurs somnolents en pleine chaussée de la médina, qui n'entendaient ni le bruit du moteur, ni mes coups de klaxon. Et les livres qui étaient ouverts, je devais les laisser ainsi, prosternés à même le sol.

La table de travail était une immense planche posée sur deux tréteaux, jonchée de paperasses en vrac. Sur les plus gros tas, en guise de presse-papiers, il y avait des cailloux, très jolis ma foi. Là non plus, je ne devais toucher à rien. « À rien, tu m'entends, Nagib ? » C'était pourtant du beau bois en dessous, du noyer avec des nœuds.

Maman entrait, une cigarette au coin des lèvres, allait droit à son bureau, extrayait du fouillis exactement les feuilles qu'il lui fallait pour ses cours, là, là et là, sans hésiter, au toucher. Bouclait son cartable, consultait sa montre.

— Allez, on y va, c'est l'heure.

Tout un monde inconnu peuplait la profondeur de ses yeux, le clair de lune de son sourire, l'enthousiasme avec lequel elle dévalait l'escalier. Au moment où elle s'installait dans la voiture, elle secouait la tête d'un petit mouvement vif, toute une mèche passait sur sa tempe droite et quelque chose de fort, d'impossible à définir s'emparait de moi tandis que j'embrayais et faisais grincer le levier de vitesse.

*

Parfois, elle nous réunissait dans son bureau, Pa et moi. Ouvrait un livre.

— «Post patris mortem, Alexander primum ad Asiam, deinde ad Aegyptorium fines longa via contendit[1].» Vous comprenez?

— Non, répondions-nous d'une seule et même voix.

— C'est du latin, il s'agit de la fondation d'Alexandrie, en Égypte. Cela prouve le passé très vieux et très glorieux de cette ville, la haute civilisation de ce pays d'où ne nous viennent à présent que des chansons romanesques et des films pour crétins. L'évolution d'un peuple, voilà qui me fascine, je voudrais comprendre.

Parfois aussi, elle nous faisait la lecture. C'est-à-dire qu'elle *commençait*. D'une voix sage, assise gravement sur sa chaise à haut dossier, jambes rigides comme des barres de fer. Elle feuilletait un vieux bouquin, lisait une phrase ou deux, peut-être trois — jamais plus. Le rire l'inondait aussitôt. Nous étions surpris de cette gaieté subite, mais c'était ainsi: le rire la faisait frétiller comme une anguille, voix d'un nouveau-né vagissant, chant de triomphe d'un coq de bruyère, miaulement d'un chat en rut, hoquets de détresse, visage baigné de larmes.

— Qu'est-ce qu'il y a, maman? qu'est-ce qui te prend?

— Lis-moi... hohoho... lis-moi... arf... arf... lis-moi ça, pour l'amour... l'amour de Dieu... hohoho... hi...

Je prenais le livre et déclamais:

— «Les Mahométans se font raser le crâne, à l'exception d'une frange médiane, persuadés qu'ils sont qu'après

1. Citation latine: «Après la mort de son père, Alexandre se rendit en Asie puis en Égypte par une longue route.»

leur mort Mahomet les empoignera par cette touffe pour les hisser au Paradis. » Tiens ! je n'en savais rien, mais puisque c'est écrit... Il faut que j'aille chez le coiffeur.

— Oh ! arrête !... arrête !...

Une locomotive se mettait à chasser la vapeur. C'était Pa qui riait.

— Page... page... hihihohohoarf... continuait ma mère... page 147... hohoho mon Dieu !...

— Page 147, dis-tu ? Voyons ça. « Le couscous est servi dans un grand plat unique et chacun des convives y creuse devant lui un trou, pour bien délimiter son territoire. »

Elle s'écroulait aussitôt (la chaise aussi), martelant le sol à coups de poing, criant : « Arrête... pitié... je n'en peux plus... »

— Eh bien quoi ? m'étonnais-je. Tu n'as jamais entendu parler des auteurs comiques ?

*

Elle avait une soif d'apprendre d'assoiffé en plein désert, débusquant la vérité derrière les mots, soulevant chaque mot comme une pierre pour voir ce qu'il y avait en dessous, lézard, scorpion ou terre arable, pour vérifier s'il avait un poids, une réalité quotidienne, une âme capable de parler à son âme. C'est ce qu'elle m'a expliqué, plusieurs fois, jusqu'à ce que je comprenne. Elle voulait savoir « de science certaine ». Elle dénichait de curieux écrits qui vous déchaussaient les dents. Exemple : « Stoïcisme chinois : on peut scier un Chinois en deux, dans le sens de la longueur, sans qu'il pousse le moindre cri ; ceci s'explique par une particularité anatomique : les Chinois sont dépourvus de système nerveux. »

— Et ceci explique, ajoutait-elle, pourquoi les Occiden-

taux ne supportent pas la souffrance, ni la patience : ils ont plusieurs systèmes nerveux. Ils sont si sensibles !

Elle disait qu'elle n'apprenait pas pour apprendre ni même pour savoir. Mais pour nourrir et régénérer son sang. Elle avait dormi jusqu'à l'anémie, elle était maintenant bien réveillée, jusqu'à l'éternité. Elle ne voulait rien laisser au hasard, étudiait plusieurs éditions d'une même œuvre, revues et corrigées d'après l'opportunisme, comparait la biographie de l'auteur à ce qu'il proclamait en chapitres flamboyants, « raccompagnait le voleur ou le Tartuffe jusqu'à la porte » — c'était son expression. La véhémence la dressait comme un cheval en plein cabrement, veines saillantes dans son cou et chevelure en bataille.

— Au revoir, monsieur. Désolée, mais vous comprenez ? je veux la vie et non des aéroplanes. À la porte, Tolstoï ! s'écriait-elle en lançant à la volée des volumes à tranche dorée. Tu as écrit des choses merveilleuses sur l'amour et les femmes, mais tu as été un tyran dans ta vie privée, j'ai contrôlé. À la porte, ouste ! à la porte, les poètes arabes à la poésie de cendres ! Vous m'avez fait pleurer en chantant le romantisme et parce que je ne savais rien du monde. S'il en est ainsi, si vos vers sont vrais, pourquoi diable notre société est-elle malade ? pourquoi a-t-elle cloîtré les femmes comme des bêtes, pourquoi les a-t-elle voilées, pourquoi leur a-t-elle coupé les ailes comme nulle part ailleurs ? À la porte, je vous dis ! À la porte, toi aussi, Pierre Loti, malgré mon amour de la mer. Tu as vécu dans un Orient de pacotille, dis-moi ? tu as gagné beaucoup d'argent et d'honneurs, mais l'Orient ce n'est pas cela du tout, du tout... Et toi, savant fossilisé, qui prétendais que la Terre était soutenue à dos de géant, qu'est-ce que tu fais encore là ? Tu es mort depuis des siècles, il me semble ! Dehors !... qu'est-ce que fait là ton vieux bouquin qui n'a plus de sens ? Dehors !... c'est insensé ! Les êtres humains sont depuis longtemps

retournés à l'état de minerai, mais leurs erreurs restent. Increvables! Dehors! À la porte!…

Elle jetait les livres dans le corridor, par brassées. Je les ramassais religieusement et les entassais dans un cabas. L'épicier m'en donnerait plus tard des cacahuètes ou des graines de potiron.

Elle nous dit un soir:

— Tu vois, tu vois? (Elle s'adressait à Pa et à moi, nous secouant le bras à tour de rôle.) Tu vois? Un enfant a lu tous ces livres avant moi. Il était plus jeune que moi, à peine formé de corps et de cerveau, et il a été capable de les comprendre. Ce qu'il y a trouvé, je n'en sais rien. Peut-être une fuite en avant. Chacun de nous digère la culture selon son estomac.

— Tu parles du petit loustic, maman? Oh! c'est beaucoup plus simple: il est constipé, il n'a pas encore digéré. La preuve, c'est que dans ses lettres il ne parle jamais de revenir parmi nous.

Elle ne m'a pas entendu. A écarté doucement la main de mon père qui voulait lui caresser les cheveux. A ravalé un début de sanglot, nous a souri bravement.

— Ce que je voudrais, ce que je suis acharnée à faire, c'est le rattraper. Oui, le rattraper, rattraper sa jeunesse, son enthousiasme, être à ses côtés quand demain sera peuplé de jeunes et que les vieux seront à la retraite. Bâtir avec lui, faire quelque chose de ma vie… Oh! je ne sais pas m'exprimer… c'est là, au fond de moi, je le sens… Allez-vous-en!… Laissez-moi travailler.

Nous sommes sortis de front, Pa et moi, bras dessus bras dessous, elle a fermé sa porte. Nous étions dans l'escalier qui menait à la terrasse quand elle nous a rattrapés. Un sourire volait sur son visage comme une ombre d'oiseau sur la terre.

— Dites, je vous ai fait de la peine?

— Non, a répondu Pa.

— Mais pas du tout, ai-je ajouté. Si tu nous vois la mine sombre, c'est que nous sommes en train de réfléchir intensément : nous ne savons pas si nous allons commencer par une partie de poker ou une partie de canasta[1]. Tu vois ? c'est simple.

— Mais si ! je vous ai fait de la peine. Je suis malheureuse.

— Tu te fais des idées.

— Allez, va travailler. Tu as une interrogation écrite demain. Je t'aiderais bien, petite maman, mais l'algèbre me rend nerveux.

Elle nous a embrassés, nous a serrés dans ses bras.

— Oh ! je suis si contente... si contente...

Et s'est sauvée en sautillant.

Sur la terrasse, nous nous sommes assis sur deux caisses d'oranges. J'ai battu le jeu de cartes et j'ai dit à Pa :

— Coupe !

Il n'a pas coupé, il a retourné le paquet et l'a déplié en éventail.

— C'est ça, a-t-il dit. Très bien. Les honneurs d'un côté, les petites cartes de l'autre.

— Comment ça ? c'est étonnant. J'ai pourtant bien mélangé. Peut-être qu'elles glissent trop ?

Nous avons éclaté de rire. J'étais bien dans ma peau, le soleil se couchait dans l'Océan, des pigeons traversaient le ciel en sifflant et mon père était là, en face de moi, je pouvais le sentir et le ressentir.

— Tu veux vraiment faire cette partie de poker, Pa ?

— Non. Et toi ?

— Non. Je gagne toujours, je ne sais pas comment je fais.

1. Jeu de cartes.

— Donne-moi une cigarette.

— Avec plaisir, Pa. Dis, tu ne fumes pas un peu trop ces temps-ci? Tu n'es pas triste?

— Triste? Non.

— Désemparé?

— En ai-je l'air?

— Je veux dire: que penses-tu de ta femme?

— Pourquoi me demandes-tu ça, fiston?

— Si tu me parlais, hein, Pa? ça te ferait du bien. Vas-y, vide ton cœur, je t'écoute.

— Rien que ça? Eh bien, je vais te dire: c'est comme si j'avais épousé une nouvelle femme, que je commence à connaître, tandis que celle que j'avais m'était pratiquement inconnue.

— Ça veut dire que tu es content? ou que tu as peur?

— Les deux, mon fils.

— Mais elle a une bonne nature.

— Je te crois.

— Et elle, elle a un nouveau mari?

Il ne m'a pas répondu. Juste fumé. Fumé tout le paquet.

*

Un petit homme m'a abordé dans la rue en soulevant son chapeau, m'a fait un sourire de rage de dents, s'est frotté les mains comme s'il les lavait au savon, a commencé une phrase qu'il a avalée avec sa salive — il avait pourtant des lunettes d'intellectuel.

Comme il était près de midi, je l'ai entraîné à la terrasse d'un café et je lui ai offert l'apéritif. Il l'a bu à petites gorgées, a contemplé le fond de son chapeau. J'ai crié au garçon:

— Remets-nous ça, Salvatore. Double. En vitesse.

L'alcool et le soleil au zénith ont dégelé le petit homme. Il était enchanté de faire ma connaissance, moi, le fils de ma

charmante mère. Mais que cherchait-elle au juste ? Apprendre,
s'instruire, réussir dans la vie — ou bien le mettre en état
d'infériorité devant sa classe ?

— Oh! elle est studieuse, vive, très douée. Elle a du
charme et la joie de vivre, mais je préférerais des cancres,
à tout le moins des élèves moyens. Vous comprenez, mon
cher monsieur, chaque fois que je la vois entrer et s'asseoir
au premier rang, j'ai la terreur qu'elle ouvre la bouche. Oui,
monsieur, j'ai la terreur qu'elle me pose des questions.

— Aha ? et pourquoi donc ?

— Pourquoi ? parce que je ne crois pas qu'il y ait un seul
professeur au monde capable de lui répondre. Je vais vous
dire, mon cher monsieur: trois quarts d'heure après le
début du cours, elle lève timidement le doigt et me dit de
sa voix sage: «Mais, monsieur, la semaine dernière vous
aviez affirmé le contraire.» Que répondre à cela ? je vous le
demande. Je n'ai pas sa terrible mémoire.

— Videz votre verre. Cigarette ?

— Merci. Si elle était seule, je ne m'en formaliserais
nullement, je pourrais biaiser, noyer le litige dans les détails.
Mais j'ai trente-deux élèves en pleine adolescence qui éclat-
tent de rire aussitôt — ou, pis, qui se mettent à ricaner…
Ah! les sagouins, ah! les sagouins.

— Ricanez vous-même, plus fort qu'eux, et le tour sera
joué.

— Vous croyez que c'est facile ? Tenez, pas plus tard
qu'hier, elle m'a demandé quel était le prénom de Vercingé-
torix. Et j'ai été incapable de lui répondre. Et je suis histo-
rien, monsieur. Historien !

— Allez, mouchez-vous. Encore un verre ?

Nous avons trinqué à l'amitié, à la Libération, aux «pro-
blèmes du corps enseignant», à «la nouvelle génération à
l'avant-garde de laquelle marchait madame votre mère».

6

Le dimanche, j'étais sur les routes. Ma mère avait institué avec ses amies les « déjeuners-débats hebdomadaires par roulement », tantôt chez l'une, tantôt chez l'autre — et ses amies étaient légion et elles habitaient n'importe où dans le pays, du Nord au Sahara en passant par les chaînes de l'Atlas. Maman ne me donnait ses instructions que le dimanche matin. Elle dépliait une carte routière, y traçait une croix et me disait d'une voix douce :

— C'est là.

Je mettais à tout hasard deux ou trois bidons d'essence dans le coffre arrière et lançais la voiture sur les routes, les sentiers, les chardons, les pistes, les nids-de-poule, les troupeaux de chèvres ou de militaires. Le moteur était à toute épreuve. Je l'avais trafiqué en prévision de ces randonnées.

— Nagib ?

— Oui ?

— Je suis heureuse.

— Moi aussi, petite mère. Mais si tu lâchais mon bras, hein ? J'en ai besoin pour conduire.

— Je suis heureuse, si heureuse ! J'étais née dans une maison dont je ne me rappelle plus que les ténèbres, j'ai passé la moitié de ma vie dans une prison et je ne sais pas où je mourrai. Mais d'ici là, je serai allée d'un horizon à

l'autre, j'aurai parcouru, connu, aimé ce pays dans tous les sens — parce que... parce qu'il m'appartient...

— Si tu te mets à pleurer, il vaut mieux que je ralentisse un peu. Allume une cigarette, je t'en prie.

— Je pleure de bonheur, mon fils, de beauté de vivre. Tu vois ce mulet là-bas, en train de se battre les flancs avec sa queue? C'est mon frère! Lui aussi est né et vit dans ce pays. Je suis persuadée qu'il sait beaucoup plus de choses que moi.

— Oui, dis-je. C'est un savant à quatre pattes: il sait qu'on met un tas de choses sur son dos, il sait qu'on le roue de coups, hue, camarade! comme il sait qu'il aura de belles funérailles dans une boucherie.

— Et alors? attaqua-t-elle, flambant de colère. Nos cadavres ne sont-ils pas mangés par les vers? Tu préfères qu'on les débite en saucisses? Quelle différence? Tu crois que les êtres libres que nous sommes censés être ne reçoivent pas des contraintes leur vie durant? N'est-ce pas un esclavage déguisé en liberté?

— Voyons, maman, calme-toi. Essaie de raisonner. Les mulets et autres animaux n'ont pas droit à la parole chez nous. Ils ne votent pas, n'ont aucun représentant dans les corps constitués, pas même dans la police.

— Parce que tu crois que nous, nous avons droit à la parole? Tous? Toi par exemple?

— Oh! moi, tu sais...

— Alors conduis, tais-toi et écoute ta mère!

— Oui, m'man.

— Et d'ailleurs, je n'ai plus rien à dire. C'est de ta faute. Tu as tout embrouillé dans ma tête, avec ta manie de ne jamais rien prendre au sérieux, de te moquer de tout avec tes grandes dents.

— Le rire est le sel de la vie, petite mère.

— Eh bien, tu sales trop! Ça décape la joie.

Elle refermait la bouche comme une trappe, éteignait son regard et, pendant un kilomètre ou deux, je n'avais plus à mes côtés qu'un reproche vivant et rigide, en boule, d'où je m'attendais à tout moment à voir jaillir des piquants de porc-épic. Et brusquement elle secouait les épaules, lançait :

— Idiot !

— Oui, maman. Je suis un idiot, je signe. Passe-moi ton stylo.

C'était toujours ainsi, chaque dimanche. Une sorte de rituel. Je commençais par jeter une poignée de sel dans la conversation (je crois bien que ma mère l'attendait), je reconnaissais que j'avais forcé la dose — et le reste du voyage, nous le faisions d'une seule traite, voiture filant accélérateur au plancher, vent bouillonnant en crue par les glaces ouvertes, et ma mère lancée à la découverte du monde avec un enthousiasme ininterrompu, champs arides parsemés d'alfa, sillons rouges piqués de vergers du vert même de la vie, vallées couvertes de fleurs qui s'envolaient à notre approche en d'immenses essaims de papillons, cataractes constellées d'arcs-en-ciel, rus que les pneus éparpillaient en jets de lumière, chevaux galopant fous *sur* l'horizon — et ce ciel, mon Dieu ! s'écriait ma mère, ce ciel sans frontière de race ou de religion : un jour, je ferai ce que je sentirai, je défoncerai toutes les portes, je serai chez moi partout sur la terre, partout avec ma joie, je parcourrai le monde du soleil au soleil, parce que j'y suis née et parce qu'il m'appartient...

Quand nous arrivions, le village ou la ville était en émeute, avec çà et là, aux points stratégiques, quelques gendarmes ahuris, prêts à rétablir l'ordre sur leur bicyclette. Toutes les amies de ma mère étaient là, prévenues par le téléphone occidental ou le téléphone arabe qui était beaucoup plus efficace — et gratuit —, venues en voiture comme nous, en car, à dos de chameau. Leurs hommes étaient là aussi,

accroupis sur la place, mâles à des titres divers et démunis soudain de toute autorité. Maman les invitait à se joindre à nous, mais ils ne voulaient rien savoir, ne comprenaient pas pourquoi «on» les avait remués, décollés de leurs habitudes et de leur lopin de terre séculaire, ils la remerciaient du bout des lèvres en invoquant le Destin et la patience — et restaient là, jusqu'au soir, faisant la grève sur le tas.

Couscous brûlant ou mouton rôti à la fumée de bois que je faisais circuler de groupe en groupe à bord de plats aussi grands que des boucliers gaulois, ils en acceptaient volontiers quelques bouchées, de viande surtout, qu'ils avalaient stoïquement, sans souffler dessus. Tiraient ensuite leur longue pipe, la bourraient de *kif*, fumaient avec fatalisme en sirotant du thé à la menthe, une bouffée, une gorgée pour faire descendre la fumée jusqu'aux tripes du passé. Quelques raclements de gorge, quelques jurons indistincts — et c'était tout. Passaient entre leurs jambes des chiens errants qui reniflaient, des poules picorant leur pitance. Ils ne les chassaient pas.

Maître d'œuvre de la ruche, ma mère fait écourter le repas, mobilise les femmes en groupes d'études de trois à quatre personnes chacun, va de l'un à l'autre, surveillant, animant, sans cesse en mouvement et en fièvre. Un seul sujet par séance. Exemple: «Comment terrasser une montagne.» Exemple: «Que s'est-il passé dans notre pays en 1912[1]?» Autre exemple: «En refusant d'accomplir ses devoirs conjugaux, une femme conquerra-t-elle son indépendance? ou bien sera-t-elle la première à en pâtir? Expliquez en donnant des exemples précis.»

Elle mâche et leur fait mâcher une seule botte de paille à la fois, patiemment, tenacement, les aidant à en ramasser

1. Il s'agit de la signature du traité de Fès, qui place le Maroc sous protectorat français.

les débris et à les ruminer. Ne leur laisse aucun repos. Sépare la graine de l'ivraie, exhorte les bons éléments à instruire les faibles. Distribue des encouragements, des notes, des blâmes pour «sujets bâclés». Réunit ses élèves en assemblée générale où chacune a la parole, à tour de rôle. Ce qu'elle a appris au prix de sa volonté, elle le leur donne plutôt qu'elle ne le leur communique, séance après séance, aux quatre coins du pays. Et ce qu'elle est — sa jeunesse, sa patience, sa foi — est comme une seule et même lampe dans tous leurs yeux.

J'ai vu ceci: des femmes répudiées sur-le-champ parce qu'elles en savaient plus que leurs maris. Et ma mère a applaudi. Elles aussi — devenues plus heureuses. J'ai su ceci: au fil de ces déjeuners-débats, des femmes de la bourgeoisie «excusées pour empêchement de dernière minute» — excusées tous les dimanches.

— Haha! a conclu ma mère. À la trappe! On parviendra un jour à tout changer dans le monde — tout, sauf l'argent. À la trappe!

Les premières réunions avaient été des fêtes, quelque chose comme des comices agricoles où l'on venait surtout par curiosité et parce qu'il y avait là un être digne de cette curiosité — ma mère — dont on avait entendu résonner la voix à des kilomètres de distance, chargée de tendresse communicative. On faisait enfin sa connaissance, en chair et en os, totalement, dès la première minute. Et c'était tout autre chose qu'elle apportait. Rien, pas un gramme de ces papotages ou de ces distractions pour lesquels on était venu de si loin. Une prise de conscience menée par paliers, tambour battant, à coups d'études acharnées en groupes décidés.

Les derniers dimanches furent clairsemés comme les montagnes de chez nous, tendus comme des arcs. Des multiples amies de ma mère, il n'en subsistait qu'une vingtaine. Mais

toutes savaient autant qu'elle, sinon davantage, ce qu'était la solitude.

— Tant mieux! s'écria ma mère. Je ne peux pas soulever une montagne, mais juste une pierre. Cela me suffit amplement.

Nous nous réunissions toujours à date fixe, le dimanche, tantôt chez l'une, tantôt chez l'autre, mais voici: les villes et les villages où nous passions se vidaient à notre approche. Et les quelques passants que nous croisions avaient des visages menaçants, nous montraient le poing. On nous jeta des pierres, on creva les pneus de la voiture. Alors je fis venir les gars de ma bande. Certains d'entre eux nous escortaient à motocyclette, d'autres voyageaient sur le marchepied. Et voici: ils avaient beau être hirsutes, avec des lèvres retroussées sur des dents de gangster, les hommes des amies de maman — époux, fils, cousins, oncles — se multipliaient, croissaient en nombre et en animosité. Il y eut même une bataille rangée où mes copains et moi abandonnâmes des lambeaux d'étoffe au détour d'un sentier — et où les autres perdirent quelques dents. Sur le chemin du retour, ma mère me dit:

— Je sais ce que je vais faire. Puisque j'ai tant de difficultés pour aller voir mes amies, je vais leur dire de venir. Ainsi, je serai près d'elles, tous les jours de la semaine.

— Où ça? venir où ça?

— Chez nous, naturellement. La maison est assez grande.

— Moi, je n'y vois pas d'objection. Au contraire, tu peux me croire. Mais as-tu pensé une seconde à Pa? Que va-t-il dire? que va-t-il faire de toutes ces femmes?

— Je ne sais pas. Sincèrement. Je verrai plus tard.

— Oui. Humm! Ouais! Mais en admettant qu'il accepte, que vas-tu faire de tous ces chevaliers de la féodalité? À considérer leurs yeux rouges, ils ne sont pas particulièrement tendres.

— Tu veux parler des maris ? Eh bien, ces pauvres petites vont divorcer, voilà tout. Passe-moi une cigarette.

— Avec plaisir, m'man. Tu sais, tu es extraordinaire. Tu résous tout, sans hésiter une seconde, et la solution que tu trouves est d'autant plus simple qu'elle est sans appel.

— Te moquerais-tu de moi par hasard ?

— Oh ! non. Pas du tout. Je t'admire.

— Je n'ai pas besoin d'être admirée, mets-toi ça bien dans la tête. Il faut que je m'occupe des gens, c'est ma vie. Je ne peux pas, je-ne-peux-pas être heureuse quand d'autres sont malheureux. À quoi me servirait toute ma science ? À avoir bonne conscience ? Mes idées, mes acquisitions, mes émotions, il faut que je les traduise en actes, pour moi et pour les autres.

— Tu es triste, maman ?

— Oui, je suis triste. Je ne comprends pas pourquoi on a peur de la bonté.

— Fume, m'man. Ravale tes larmes et fume, c'est un ordre. Pense à tes amies qui viendront bientôt te rejoindre.

— Oui, ça va être splendide… Oh ! j'y pense : pourquoi ne les mettrais-je pas à la ferme ?

— Dix sur dix, m'man. C'est une bonne idée. J'aurais été incapable de la trouver, moi. Continue, raconte-moi leur vie future dans cette vieille ferme.

— Elles ne seront pas dépaysées comme dans notre maison moderne. Elles seront près de la nature — et moi aussi. J'irai les voir plusieurs fois par semaine, nous cultiverons des fleurs, nous planterons des arbres qui deviendront immenses. Tout sera vert, tout sera beau, les plantes, la terre, les gens. Tu me conduiras là-bas, chaque fois que je te le demanderai, n'est-ce pas, mon fils ?

— Et comment ! Parmi tes copines, j'en ai repéré trois ou quatre assez jolies, ma foi.

— Idiot !

— Oui, m'man. Je suis un idiot. Je signe, passe-moi ton stylo.

— Triple idiot!

— Présent! Chaque fois que j'ouvre la bouche, je dis une bêtise. Je me tais. Bouche cousue. Promis. Alors, si je comprends bien, tu vas avoir ta bande?

— Comment ça?

— Comme moi. Ta bande et la mienne, ça va être quelque chose, dis donc! Et, si je fais encore un petit effort de compréhension, il me vient à l'esprit une question stupide : ton école aurait-elle par hasard rejoint ma «contre-école»? hein?

— Appelle-la comme tu voudras, ce que j'ai appris dans la mienne m'a rendue adulte, alors que toi, tu n'as pas changé.

— C'est bien ce que je dis. Nous sommes de nouveau ensemble.

— Tu confonds tout, tu déformes tout... Nous avons toujours été ensemble, tu le sais bien... Mais ce n'est plus... Oh! et puis assez! tu mériterais une claque.

— Oui, m'man. Donne-la-moi.

— Zut! je ne t'adresse plus la parole.

— Tu n'es plus triste?

— Non.

Que c'est bon, mon Dieu, de conduire la nuit une voiture à toute épreuve!

7

Pa m'a dit:

— Prends la Bible, l'Ancien Testament, le Nouveau Testament. Prends le Talmud, le Coran, le Zohar, le livre des Hindous. Partout, dans toutes les religions, tu ne trouveras que des hommes. Pas une prophétesse, pas une seule envoyée de Dieu. Nous avons vécu avec cet ordre de choses depuis des siècles et nous n'avons pas eu à nous en plaindre, nous, les hommes. Alors, quand ta mère s'est mise un jour à remplacer les portes par des fenêtres et vice versa, dans ma propre maison, j'ai souri. Oui, j'ai souri devant tant d'enfantillage. Je me disais: c'est une mère de famille, mais elle est restée une enfant. Les enfants ont besoin de déverser leur trop-plein d'énergie.

— Comme les bagnoles, hein, Pa? Il faut de temps en temps faire la vidange.

— Oui. C'est à peu près cela, bien que ta mère n'ait rien d'une mécanique. Je me disais: ça lui passera. J'espérais même qu'elle ferait un faux pas, qu'elle se fourvoierait, qu'elle…

— … se casserait la figure?

— Tu traduis en termes violents mes sentiments polis. Mais admettons. Or, rien ne lui est passé, elle a continué d'aller de l'avant et je n'ai pas eu à la consoler, à assumer mon rôle de protecteur, comme je l'avais espéré.

— Alors tu t'es consolé tout seul ? Tu t'es pris sur tes genoux et tu t'es chanté une berceuse ?

— Si tu veux — bien que je sois en train de *discuter* avec toi à cette heure, et non de jouer au rugby. Non, mon fils, je n'ai pas eu à me consoler comme tu dis. Mes yeux s'étaient ouverts, je m'étais brusquement rendu compte que ta mère était, à elle seule, la conscience d'un monde inconscient.

— C'est elle qui t'a consolé en fin de compte ? hein, Pa ?

— Oui. À la voir ainsi, de plus en plus vivante, je me suis pris à espérer, puis à croire. Sais-tu pourquoi notre société islamique, après des temps de gloire, est devenue à la traîne du monde entier ?

— Laisse-moi réfléchir un peu… Voyons ! Peut-être parce qu'on a découvert des puits de pétrole dans nos pays et que nous ne voulons pas nous salir les mains ? Nous préférons sans doute faire appel aux Occidentaux, ils se baigneraient dans le pétrole, ils en boiraient… Alors nous, on leur laisse cette sale besogne et, en contrepartie, ils nous donnent des sous. Ce sont nos esclaves en quelque sorte. Pendant ce temps, nous nous reposons de plus en plus. C'est ça, Pa ?

— C'est une vue économique des choses. Il faudrait que j'en parle à mes actionnaires, au prochain conseil d'administration. Non, ce n'est pas cela du tout, Nagib. Avant le pétrole, il y avait quelque chose d'autre — je m'en rends compte à présent. À la base de toute société, il y a la commune. Et le noyau de la commune, c'est bel et bien la famille. Si au sein de cette famille la femme est maintenue prisonnière, voilée qui plus est, séquestrée comme nous l'avons fait depuis des siècles, si elle n'a aucune ouverture sur le monde extérieur, aucun rôle actif, la société dans son ensemble s'en ressent fatalement, se referme sur elle-même et n'a plus rien à apporter ni à elle-même ni au reste du

monde. Elle devient non viable, exactement comme ces anciennes entreprises familiales qui s'effritent en Bourse à la moindre offre publique d'achat.

— Pa, je n'ai jamais fondé de famille, tu le sais bien. Et, tel que tu me vois, je peux même t'assurer que je suis encore célibataire. Donc, je ne peux pas te répondre. J'ai bien quelques petites affaires en ville et dans les environs, mais elles ne sont pas cotées à la Bourse. Il y a quelque chose qui me frappe : dis-moi, on commence à comprendre les choses de la vie quand on atteint une certaine vieillesse, hein, Pa ? Ça se passe toujours comme ça ?

— Peut-être. Mais il n'est pas trop tard. J'ai déjà laissé passer deux occasions : ton frère a quitté notre monde et toi, notre famille.

— Oh ! non, Pa. Je suis encore là, assis en face de toi, mets tes lunettes.

— Il y a longtemps que tu es allé chercher dans la rue ce qui te manquait ici.

— Tu es triste, Pa ?

— Plus que tu ne penses. Je suis enragé de n'avoir pas compris plus tôt. Et pourtant, les affaires que je brasse auraient dû me montrer la voie. Quand une affaire commerciale commence à montrer un certain fléchissement, je sais comment la revaloriser du jour au lendemain : par des injections de capitaux. J'avais un capital humain, il a toujours été là, tout prêt. Et je ne l'ai mis à la disposition de personne.

— À cela, je ne vois que deux explications, Pa. Ou bien tu ne voulais le prêter que contre de solides garanties et des intérêts par-dessus le marché : il faut bien que ça te rapporte quelque chose... Ou bien tu avais peur de tes propres sentiments.

— Je te sous-estimais, mon fils. Pardonne-moi.

— De rien, mon père. Nous sommes enfin ensemble. Tu veux une cigarette ?

— Oui... C'est bon de fumer.

— C'est toujours le même tabac, je n'ai pas changé de marque. Et pourtant, ça a meilleur goût, tu ne trouves pas ?

— Si.

— Ça dépend de l'heure, du jour de l'année, de la manière de fumer, ça tient à très peu de chose. Mais il n'est pas trop tard, comme tu dis.

— Non, il n'est jamais trop tard pour comprendre.

— Parle-moi maintenant de ma mère.

— Elle s'est mise à tout bouleverser partout où elle passait. Et les gens venaient se plaindre d'elle, attirer mon attention sur ce qu'ils appelaient ses «folies». J'ai refusé de les écouter. Ils ressemblent tant à l'homme que j'étais auparavant. J'ai essayé de la comprendre, elle. Et c'est elle qui m'a montré la voie. Quand elle entre maintenant dans cette maison, je me lève aussitôt et ce n'est pas seulement une femme nouvelle que je vois devant moi mais, à travers elle, un homme nouveau, une société nouvelle, un monde jeune et neuf.

— Pa, lève-toi. Fais-moi plaisir.

— Pourquoi ?

— Lève-toi, c'est un ordre.

Il m'a obéi, je l'ai pris dans mes bras et je l'ai soulevé jusqu'au plafond. Et, malgré ses imprécations, ses cris de joie ou de douleur, je l'ai fait tournoyer en une danse de ma composition, sans cesser de l'embrasser.

*

À l'heure de l'Indépendance, ma mère était à bord de la locomotive, et non dans un compartiment de première classe — encore moins dans le wagon à bagages. Elle était de tous les meetings, prenant des notes, n'hésitant jamais à

contredire et à faire se contredire l'orateur. Pourquoi celui-ci se mettait-il en colère au lieu de lui donner les explications qu'elle attendait de lui, « en termes simples, précis et concrets » ? Chaque fois qu'il noyait le poisson, maman plongeait aussitôt dans les phrases et les périphrases, ramenait ledit poisson par la queue du fond de l'abîme.

— Le voilà, le sujet ! s'écriait-elle, debout sur un banc, les joues rouges et la logique aussi. Parlons-en nettement, monsieur, s'il vous plaît. Inutile d'y aller par quatre chemins. Je vous écoute.

Sa bande de copines lui servait de claque, la mienne assurait le service d'ordre et, moi, j'étais là, debout au milieu de la salle. Le politicien était coincé, il ne pouvait pas se sauver. Il reprenait sa salive, son souffle, ses esprits, promenait autour de lui un regard éperdu — peut-être à la recherche d'un taxi ? — et se lançait vaillamment dans une invocation divine :

— Au nom de Dieu Clément et Miséricordieux, Louange au Seigneur, Maître des Mondes…

— Passons ! Passons ! répliquait ma mère. Alors, et cette réforme agraire ?

C'est ainsi qu'une demi-brigade de policiers s'installa dans notre rue, en face de notre maison, dans un car flambant neuf. Maman les invita de bon cœur autour d'une bonne théière et, tout en les battant au gin-rummy[1], elle leur fit admettre — et reconnaître d'un air gêné — que non, madame, il n'y avait pas une si grande différence après tout entre leurs anciens uniformes de « policiers colonisés » et ceux qu'ils arboraient à présent en tant que « policiers libres d'un pays libre ». — « La couleur peut-être ? » soulignait maman, souriante et très polie. — « Oh ! oui », entonnaient-ils… — « Vous voyez bien qu'il y a un changement

1. Jeu de cartes, variante du rami.

malgré tout. Les pétards aussi sans doute? Faites voir un peu...» Ils dégainaient leurs revolvers, les considéraient, à la fois réjouis et perplexes. Ils étaient du dernier modèle en service, mais ils ne les avaient pas encore essayés. «Ça viendra, les consolait ma mère, ça viendra!»

Ils allèrent camper un peu plus loin, là où commençaient les bidonvilles. Quand nous sortions, ils nous suivaient à bonne distance puis rebroussaient chemin. Et chaque fois que nous rentrions, maman se faisait un devoir d'aller leur souhaiter bonne nuit dans leur car.

— Vous êtes obligés de dormir là-dedans? Vous ne voulez vraiment pas venir à la maison où il y a de bons lits?

— Impossible, madame. On est de service.

— Et vous êtes obligés de faire ce métier?

— Il le faut bien.

— Eh bien, bonne nuit, messieurs. Faites de beaux rêves. Je viendrai vous réveiller demain matin.

— Bonne nuit, madame.

Elle fit un calcul algébrique à deux inconnues, X et Y. Trouva l'équation: $X = Y$, la traduisit en données simples: politique = argent. Et, à partir de là, se mit à assiéger mon père. Il était riche? alors tout était simple. Un homme riche connaît ou est appelé à connaître ou a connu les politiciens actuels, passés et à venir de ce pays. Il y eut quelques coups de téléphone et la maison devint un forum à deux voix: celle de l'homme politique invité en tête à tête et celle de ma mère. Pa et moi, nous passions les plats et servions le café.

Ai-je dit que maman avait peur de qui que ce fût au monde? Non, n'est-ce pas? Elle n'avait pas peur non plus des mots. Derrière les mots, elle cherchait la vérité et, derrière l'altruisme, elle ne trouvait personne. Elle frappait comme un sourd à la porte des partis politiques: «Holà! il y a quelqu'un?» On était obligé de lui ouvrir et, la porte

ouverte, il fallait répondre à ses questions. Elle était capable de retourner les mots jusqu'aux entrailles, comme des peaux de lapin. Les bilans, les statistiques ? soutenait-elle. Donnez-les-moi et je pourrais vous en faire un roman policier ou un conte à dormir debout, au choix. Rien, vous entendez, rien ne peut tenir devant cette nudité atroce d'hommes démunis et à l'âme nue et qui veulent leur dignité maintenant et non demain ou plus tard, comme le leur promet la religion — et savez-vous ce que j'en ai fait, de la religion ? je l'ai enterrée avec de vieux débris du passé, sous un oranger : l'arbre au moins donnera un jour des fruits, de vrais fruits que l'on mangera à belles dents.

Elle se brouilla avec les démocrates, les conservateurs et ceux qu'elle appelait les «progressistes à hue et à dia». Très poliment, sans trop d'éclats. Mon père était là qui raccompagnait les leaders en leur promettant de leur verser son obole pour leurs caisses électorales. Et moi, je riais, ce qui les mettait de bonne humeur, je ne sais pas pourquoi.

Au fil des semaines, plus personne ne vint chez nous. Même les policiers qui veillaient sur nous finirent par lever le siège. Ma mère resta là, avec ses idées, son ardeur, sa soif de vérité pour elle toute seule. Ses paupières devenaient dures et ses yeux étaient de plus en plus secs. Pa répondait au téléphone soir et matin, hochait la tête, laissait tomber quelques monosyllabes. Tant qu'il gardait l'écouteur contre l'oreille, il avait un air abattu, comme si des âmes charitables le plaignaient en lui donnant des nouvelles de sa femme, hospitalisée dans un asile d'aliénés.

*

Ma mère a été reçue à tous ses examens — et même au permis de conduire. Elle s'est fait couper les cheveux et me les a offerts, un tas floconneux dans un cabas.

— En souvenir du passé, m'a-t-elle dit.

À Pa, elle a remis ses diplômes entourés d'un ruban. Et nous a annoncé son départ. Oui, elle en avait décidé ainsi, brusquement, sous le casque du coiffeur. Nous n'avons pas dîné ce soir-là. N'avons pas fermé l'œil de la nuit. Toute la nuit, nous l'avons aidée à boucler ses valises, tandis qu'elle pleurait, fumait, riait, éclatait de nouveau en sanglots, nous expliquant pourquoi elle partait, combien de temps elle serait absente et ce que nous devions faire en l'attendant — et, n'est-ce pas, je verrai mon fils là-bas, je saurai de science certaine s'il est heureux, j'irai à la découverte de cet Occident, j'ai besoin de faire reculer mon horizon, de constater, de faire un bilan. «Oui, chérie», disait Pa.

— «T'en fais pas, petite maman», répondais-je en écho. Nous étions l'un et l'autre des adultes en chair et en os et nos voix étaient de bois.

Pa a refusé de l'accompagner jusqu'au port. Je l'ai vu l'embrasser, là-bas, près de la douane, très vite, comme s'il avait honte de manifester ses sentiments en public. Et il s'est sauvé encore plus vite. Moi, je me suis battu avec les porteurs, les dockers, les stewards. J'ai monté moi-même les bagages de ma mère et je me suis assis dessus, au milieu de la cabine. Et là, je lui ai donné mes dernières instructions, en prenant tout mon temps. Quand le navire a frémi sous la sirène, maman m'a serré dans ses bras.

— Au revoir, mon fils. Vite, dépêche-toi, on va retirer la passerelle.

J'ai éclaté de rire.

— Oui, m'man, j'ai entendu cette vieille sirène.

— Dépêche-toi, voyons, au lieu de rire comme un âne. On va partir d'une minute à l'autre.

— Oui, m'man, on va partir. J'ai très bien compris.

J'ai ôté mes souliers et je suis allé m'allonger sur la couchette.

— Mais qu'est-ce… qu'est-ce que tu fais?!… Tu ne pars pas avec moi!

— Si, m'man. J'ai pris un billet, moi aussi. J'ai tout arrangé avec mes copains qui s'occuperont de tes copines et Pa n'a besoin de personne, il ne lui arrivera rien du tout, crois-moi. Ce n'est pas une bonne idée?

Elle m'a donné une gifle sifflante et j'ai aussitôt happé cette main qui venait de me frapper, l'ai embrassée très fort.

— Idiot! Triple idiot! Centuple idiot!

— Oui, m'man, tout ce que tu voudras, passe-moi ton stylo. Je signe, mais l'idiot part avec toi.

Son visage était tout contre le mien, à se toucher presque. Nous sommes demeurés ainsi jusqu'à l'ébranlement du navire.

— Donne-moi une cigarette.

— Oui, m'man. Avec plaisir. Tu comprends, petite mère? peut-être dans ce monde inconnu vers lequel tu te diriges aurais-tu besoin de moi un jour… Eh bien! Tu ne dis rien?

Elle m'a répondu très lentement, en détachant les syllabes:

— Je me doutais bien que tu ferais une bêtise de ce genre. Oui, je suis contente que tu viennes avec moi.

— Alors, tu vas pouvoir m'aider, hein, m'man?

— Comment ça?

— En me payant ce billet. Je suis en quelque sorte un passager clandestin et tu ne voudrais pas voyager avec un resquilleur, n'est-ce pas? Ou dois-je aller le gagner au poker sur le pont, à la sueur de mon front?

— Oh! toi!… toi!… toi!…

Que son rire était cristallin, mon Dieu, répercuté par le hublot ouvert sur toute l'étendue de la mer!

Fontenay-le-Fleury, 7 février 1972.

De la photographie

au texte

Olivier Tomasini

De la photographie
au texte

Mariées marocaines 2000
de Valérie Belin

... Deux fils racontent leur mère...

« Au terme d'une œuvre déjà longue, après avoir vécu trois vies d'homme, sur trois continents, j'ai fermé un jour les yeux et j'ai comprimé ma mémoire. Et, brusquement, d'un seul jet, a coulé ce livre, *La Civilisation, ma Mère!...* » Né en 1926 à El-Jadida au Maroc, Driss Chraïbi, qui a écrit pendant trente ans pour la radio, notamment pour France Culture, fait aujourd'hui des conférences dans le monde entier. Son roman *La Civilisation, ma Mère!...* est l'histoire de la véritable naissance d'une femme marocaine, qui, avec l'aide de ses deux fils, se libère des carcans sociaux, des préjugés, de l'ignorance, de l'aliénation conjugale, en découvrant l'écrit, le savoir, le monde extérieur, étranger à la maison dans laquelle elle est restée trop longtemps recluse, auprès d'un homme qui l'enfermait dans un mode de vie ancré dans la tradition.

L'œuvre se divise en deux parties : l'une, intitulée « Être », contient dix chapitres, l'autre, titrée « Avoir », sept. Deux fils racontent leur mère, à laquelle ils vouent un merveilleux amour. Deux portraits pour le moins contrastés.

Le premier suit le regard du plus jeune fils, dans le Maroc des années 1930 sous protectorat français : menue, fragile, gardienne des traditions, la mère est saisie dans des gestes ancestraux, et vit à un rythme lent, fœtal. Radio, cinéma, fer à repasser, téléphone deviennent des objets magiques, prétextes d'un haut comique.

Puis Nagib, le frère aîné, prend le relais de la narration : mariée à treize ans, la mère, qui n'avait pas mis les pieds dans la rue depuis son mariage, se voit confrontée à trente-cinq ans à des innovations techniques, culturelles, politiques, qui transforment son existence et lui ouvrent de nouveaux horizons... Durant les années de guerre, elle s'intéresse au conflit, adhère aux mouvements de libération des femmes, de son peuple et, plus globalement, du tiers-monde. Elle conduit, s'habille à l'européenne, réussit tous ses examens.

... La mise en exergue des objets et leur puissance symbolique...

Driss Chraïbi suit une structure en trois temps : la femme marocaine de l'époque est présentée comme un être colonisé dont l'identité serait réduite à néant à travers l'appropriation de son corps par la société traditionnelle ; puis elle renaît au monde grâce au regard de ceux à qui elle a donné la vie : ses fils, qui introduisent dans son univers clos des objets et vêtements insolites et modernes ; enfin, par cette libération du personnage féminin, l'homme lui-même est entraîné vers une renaissance. Dans ce roman se manifeste toute la tendresse des fils pour leur mère et, à travers elle, pour toutes les femmes assujetties durant des siècles. Par extension, le livre dénonce les dérives

d'une culture et érige cette histoire en manifeste des valeurs universelles.

Des pages se tournent entre le Maroc d'hier et le Maroc de demain dans lesquelles Driss Chraïbi rend palpable une riche gamme de sentiments — désarrois, enthousiasmes, fidélités, ruptures — avec humanité et un grand respect pour les femmes qui prennent en main leur destin et celui des leurs, dans un univers qui leur est hostile. C'est la mutation de la société marocaine que la mère incarne, malgré son mari conservateur. « Je me disais : ça lui passera… Avant d'ajouter : Et c'est elle qui m'a montré la voie. Quand elle entre maintenant dans cette maison, je me lève aussitôt et ce n'est pas seulement une femme nouvelle que je vois devant moi mais, à travers elle, un homme nouveau, une société nouvelle, un monde jeune et neuf. » L'un des moments clés du livre est la scène où ses enfants lui font cadeau d'une robe de prêt-à-porter et de bottes à la mode française. C'est à l'issue de cette transformation vestimentaire qu'un beau jour la mère décide d'enterrer tous les objets qui évoquent son passé : peigne en os, fer à cheval, poupée, robes traditionnelles et babouches, pour changer tous les meubles ancestraux par du mobilier moderne et suivre des cours du soir dans une école française. Comme morte, elle renaît en se libérant des objets qui l'entourent. La mise en exergue des objets et leur puissance symbolique dans le livre de Driss Chraïbi rencontrent le travail photographique de Valérie Belin.

… « une forme d'abstraction dans la photographie »…

La photographe et plasticienne Valérie Belin, née en 1964 à Boulogne-Billancourt, vit et travaille à Paris. Après son diplôme d'études approfondies en philosophie de l'art à l'université Paris I-Panthéon-Sorbonne et d'expression plastique à l'École des beaux-arts de Bourges, elle obtient plusieurs bourses et aides à la création. Elle est lauréate du prix Paris Photo en 1997, du prix Altadis en 2000 et finaliste du prix Marcel Duchamp en 2004. Depuis sa première exposition personnelle à la galerie Xippas en 1998, son travail est présenté en France et à l'étranger : en 2000 à la galerie Vox à Montréal, en 2005 à la Brent Sikkema Gallery à New York, ou encore en 2007 à la galerie Michael Hoppen Contemporary de Londres. Valérie Belin est, après vingt ans de carrière, toujours plus connue à l'étranger que dans son pays. Conséquence sans doute de sa manière de photographier, impassible, froide, non narrative, plus proche d'une tradition germanique ou anglo-saxonne que du goût français pour le sensible et l'histoire. L'artiste avoue d'ailleurs volontiers que l'art minimal américain a été pour elle une influence majeure lors de ses études aux Beaux-Arts. Elle construit, série après série, une œuvre rigoureuse d'une remarquable cohérence. La photographie choisie comme image de couverture est extraite de sa série *Mariées marocaines 2000*. Elle est réalisée à la chambre 20 × 25. Soucieuse de maîtriser le processus de sa fabrication, l'artiste a traité ensuite son film argentique à l'aide d'outils numériques. Le sujet est cadré serré, pris frontalement et en gros plan, plaqué sur un fond blanc et éclairé de manière clinique. L'œil du spectateur se

concentre ainsi directement sur l'essentiel : ce corps prisonnier d'une robe extravagante. «On peut considérer mon travail comme une tentative obsessionnelle d'appropriation du réel où le corps, au sens large du terme, jouerait un rôle déterminant. En effet, lorsque le corps n'est pas, à proprement parler, présent dans l'image, une figure, par sa forme allusive, surenchérit l'idée de sa dématérialisation ou de son absence ; lorsque, au contraire, le corps est explicitement représenté, c'est à l'état de décor ou d'objet singulièrement absent. Ce traitement particulier des êtres et des choses dans mon travail participe d'un intérêt pour une forme d'abstraction dans la photographie. La frontalité absolue du point de vue, la bidimensionnalité radicale, l'absence de contexte et la monumentalité des formats donnent valeur d'icône aux divers sujets choisis pour leur puissance à convertir leur image en une forme d'évocation de l'absence. »

… les natures mortes semblent pleines de vie, tandis que ses modèles de chair et de sang paraissent en manquer…

Tout comme chez Chraïbi, le corps, sa disparition et sa résurrection jouent un rôle central dans les photographies de Valérie Belin. Dans ses premières séries consacrées au cristal, aux miroirs et aux accidents de voiture, l'individu est présent mais invisible. Pour le musée des Beaux-Arts de Calais en 1994, elle photographie la collection de robes anciennes du musée, rangées dans leurs boîtes. Ces photographies témoignent de l'absence du corps qui les a portées. De manière un peu macabre, les boîtes évoquent des cercueils où le vêtement aurait survécu à son propriétaire. Après avoir

été suggérés, les corps s'exposent dans sa série des *Body-builders 1999*. Le physique est alors évidemment très présent dans tous les détails des muscles et des veines. Les corps gonflés artificiellement et huilés des body-builders renvoient aux carcasses de voitures d'une précédente série. Animés ou inanimés, les sujets se montrent au-delà de ce qu'ils sont à première vue. Catégorisés, ils se déclinent en séries. Les photographies dévoilent des êtres aux apparences ambiguës, soumis à des métamorphoses physiques qu'ils s'imposent, le plus souvent sous la pression sociale.

Valérie Belin explore donc le monde par séries photographiques successives : miroirs, robes de mariée, voitures accidentées, culturistes, transsexuels, mannequins, sosies de Michael Jackson, paquets de chips ou, plus récemment, femmes métisses. Par un singulier inversement de valeurs, les natures mortes de Valérie Belin semblent pleines de vie, tandis que ses modèles de chair et de sang paraissent en manquer, en proie à on ne sait quelle aliénation identitaire. Une robe de mariée et un masque palpitent encore de la vie qui les a remplis naguère, mais les expressions humaines ont la fixité de la pierre. C'est en définitive au médium photographique que nous renvoie Valérie Belin, à son travail sur la représentation, la lumière, la surface. Sa photographie absorbe l'identité des êtres et des choses au point de les rendre équivoques, de les faire flotter entre les pôles traditionnels du masculin/féminin, beau/monstrueux, vivant/inerte, vrai/faux, solide/fragile. La netteté et la puissance des contrastes, qu'elle travaille à la palette graphique, contredisent la vision ordinaire. Cette fixité rend le spectateur détaché de ce qu'il voit : nulle connivence affective, compassion ou sympathie n'est possible. Valérie Belin évite l'anecdote de la forme

et atteint l'essence des choses. Sous l'influence du couple de photographes allemands Bernd et Hilla Becher, et de l'école allemande en général, avec ce qu'elle suppose de statisme et de gigantisme, ses épreuves en grand format nous plongent au cœur des sujets représentés.

… l'artiste scrute d'un regard acéré nos civilisations…

On l'a compris, faire cohabiter dans une même liste des choses et des êtres humains n'a rien de fortuit. Valérie Belin photographie volontairement tout de la même manière. Entre les mannequins exposés dans les vitrines et des humains trop beaux pour être vrais, la différence est mince. Idem pour la série *Mariées marocaines 2000*. Avec ces parures, qui les transforment en idoles, s'agit-il de jeunes femmes ou de sculptures peintes? Dans ces photos en noir et blanc, l'artiste aplatit au maximum son sujet. Elle peut de cette manière le réifier. La plasticienne n'en fait pas mystère. Elle aime les visages « inertes », sans expression. Il en résulte une photographie très graphique, parfaite au point d'être glaciale. Par une démarche d'ordre anthropologique, la mariée de Valérie Belin interroge notre perception du monde en confrontant le pouvoir de représentation objective de l'image à l'illusion.

Dans les mariages traditionnels marocains, la mariée revêt de multiples tenues au cours de la cérémonie, jusqu'à sept parfois. À chaque changement, elle prend place sur un trône, afin de se prêter à l'admiration de tous et à des séances photo avec les invités. L'ultime moment de ce rituel est, en général, le port d'une magnifique robe de mariée blanche. Cette parade nup-

tiale concourt à ancrer profondément la femme et sa représentation dans le folklore. La femme ne serait plus alors un individu mais deviendrait le type de l'épouse, son corps incarnant la tradition serait comme dissous.

Au-delà du Maroc, l'artiste stigmatise nos civilisations capables de donner au corps et à la beauté des caractéristiques abstraites, quasi scientifiques, pour ne pas dire totalitaires… Une forme d'eugénisme culturel. Témoin éveillé d'un monde qui devient fiction, l'artiste nous invite à croire encore qu'une image réussie véhicule un discours, un idéal ou, au contraire, parvient à témoigner des excès et des dérives de nos sociétés.

… Reproductibles à l'infini, ces jeunes femmes deviennent les icônes…

C'est dans cette perspective que Valérie Belin s'est intéressée particulièrement au mariage, allant jusqu'à mettre une annonce chez Tati, grand distributeur de vêtements bon marché, pour réaliser la série photographique *Mariées marocaines 2000*. Cet attrait confirme l'aspect critique et cérémoniel de son travail, que ce soit dans la mise en scène d'objets ou dans le culte absurde du corps. Cette démarche compliquée et lente commence à Paris et se poursuit au Maroc, où l'artiste se mêle aux cérémonies matrimoniales, qui se déroulent sur trois jours, et se trouve rapidement en proie à la censure. «Il est très difficile d'obtenir des autorisations pour prendre des photos. Au Maroc, j'ai dû lutter pour faire des clichés des mariées. Mais honnêtement, je ne vous cache pas que c'est aussi ce qui m'a motivée.» Ses mariées incarnent un moment de métamorphose. Leurs captations, réalisées sur fond blanc, ne sont plus

des portraits : transformées par leurs parures et symboliquement par le rituel qui leur est associé, écrasées sous le poids des vêtements richement décorés, l'identité des promises se délite, disparaît au profit de l'aspect monumental de la représentation. La masse excessive des costumes, encombrants telles des armures, nie le corps qui est comme absorbé par la robe. Corps décoratif que l'artiste appréhende à la manière d'un objet inerte. «Certaines de ces robes ont alors retenu mon attention parce qu'elles semblaient réaliser la synthèse inattendue du corps avec l'ornemental, voire l'abstrait.» Frontalité du point de vue et formats imposants sont les caractéristiques de ces images. En s'interrogeant sur les circonstances d'apparition ou de disparition d'un individu, Valérie Belin dénonce la capacité des sociétés modernes à dissoudre les singularités de chacun. Reproductibles à l'infini, ces jeunes femmes deviennent les icônes d'un processus de globalisation dangereux.

… chacun des spectateurs est amené à s'interroger sur ce qu'il voit vraiment…

Subtilement militante, la photographie de mariée de Valérie Belin montre l'individu consentant à nier ses particularismes pour se fondre dans une appartenance communautaire aux signes strictement codifiés. Se gardant de sombrer dans un activisme primaire ou une maladroite esthétisation des malheurs du monde, elle s'applique à explorer la réalité pour dégager les dogmes et les impasses de nos sociétés. Au centre de son travail, la construction des identités constitue un enjeu majeur. Visages figés et transparents face auxquels chaque spectateur est amené à s'interroger sur ce qu'il voit vrai-

ment… Sur la capacité de la photographie et du photographe à représenter le monde, à rendre compte du quotidien, à révéler, à dénoncer. Chacun des tirages de la série *Mariées marocaines 2000* procède d'une même scénographie. La photogénie est poussée à l'extrême, la plasticité exacerbée parfois bien au-delà du naturel, au point de troubler nos repères. Ces mariées sont-elles de tulle ou de chair ? Le regard absent, l'angoissante inexpressivité du visage : l'artiste a enlevé tout particularisme. La forme du corps s'efface dans une robe-décor. Seul le maniérisme du vêtement constitue le signe distinctif de chacune. Un fond blanc et une mise en lumière minutieuse donnent à la surface du cliché une incroyable planéité. La profondeur de champ imperceptible confère à l'image une bidimensionnalité brutale. Le modèle est isolé, livré dans ses moindres détails au seul regard du spectateur à qui s'impose son effrayante réification.

Entrer dans le monde photographique de Valérie Belin, c'est découvrir une galerie de portraits spectaculaires où nos sens sont surpris par un étrange décalage, où nos sentiments se contredisent. Dans ses travaux, les thématiques et les traitements apparaissent dans un curieux mélange iconographique, et aussi d'homogénéité thématique (dialectique du vivant et du mort, transformisme, ritualisation…), puis d'uniformisation du traitement (vue rapprochée et précise, modèles préparés, fond blanc, utilisation du noir et blanc, grand format) pour réaliser des sculptures en deux dimensions à la verticalité affirmée. Le travail de Valérie Belin cultive une relation au monde distanciée, mais en prise directe avec le social. Tout sujet semble tellement décontextualisé qu'il devient chose ou monument, séparé des affects par une chirurgie visuelle. Dans le

même temps, il capte une réalité sociale : robes de mariée, culturisme, stéréotypes de la beauté, ambivalence des genres, accidents automobiles, objets informatiques... Au terme de la réalisation de ses séries, l'« analyse spectrale » de Valérie Belin conduit à une perte de substance de l'être photographié. Sa série des miroirs vénitiens, par exemple, nous entraîne dans un labyrinthe visuel où notre regard se perd, continuellement renvoyé par réflexion dans une autre direction.

... à moins de conserver la mémoire de ses origines comme Driss Chraïbi nous y invite...

Pour cette série, Valérie Belin travaillait uniquement sur les formes créées par la lumière, en restant très proche de la prise de vue argentique. Ce travail d'empreinte (positif/négatif) donnait une réalité tangible à des sujets à l'identité prédéfinie. L'utilisation des nouvelles technologies de l'image a pour conséquence un traitement plus libre, voire plus pictural, de ses sujets. Dans sa toute dernière exposition en janvier 2009, au moment même où plusieurs musées européens lui consacrent une grande rétrospective, Valérie Belin dévoile trois nouvelles séries de photographies qui marquent un tournant dans sa démarche. Aujourd'hui, ses personnages semblent émerger directement de la sphère du virtuel, leur existence est soudain mise en doute par l'image que l'artiste nous en donne... En lui offrant la possibilité de changer de technique d'impression et de support, de choisir la couleur ou le noir et blanc selon l'effet recherché, le numérique a amené l'artiste à envisager la photographie bien au-delà de son modèle, comme moyen de créer une pure image...

Naître seulement à soi-même ne serait-ce pas l'ultime illusion ? Peut-on « Être » et « Avoir » ? Peut-être pas, à moins de conserver la mémoire de ses origines, comme Driss Chraïbi nous y invite.

Le texte

en perspective

Sophie Doudet

Mouvement littéraire

Un pont entre deux mondes

DRISS CHRAÏBI PORTE EN LUI deux mondes : le Maroc, sa terre natale, où vécurent ses parents et où vit son peuple, et la France, où il partit à l'obtention de son baccalauréat en 1945 et où il demeura jusqu'à sa mort en 2007. Parce que, toute périlleuse soit-elle, la rencontre avec l'autre est nécessaire à chacun pour devenir pleinement soi-même, l'écrivain a toujours refusé tout discours qui contribuerait à jeter les civilisations les unes contre les autres dans un combat dont personne n'est jamais sorti gagnant ni grandi. Dans ses livres, il a rêvé d'un creuset où se mêleraient ses deux héritages culturels : celui de la civilisation occidentale qui lui enseigna l'esprit critique, et celui, originel, de la culture marocaine qui lui apprit le rire et l'inventivité, sels de la vie. À l'image du bateau qui conduit la mère et Nagib vers la France, Chraïbi a cherché à jeter un « pont entre deux mondes ». Il incarne lui-même cette « traverse » alors que l'Histoire, à rebours, n'était souvent que déchirure. De loin la plus optimiste de ses œuvres, *La Civilisation, ma Mère !…*, exprime le vœu de Nagib d'« être enfin ensemble » : le père et les fils réunis, là où *Le Passé simple* (1954) puis *Succession ouverte* (1962) consacraient leur irrémédiable séparation ; l'homme et la femme

respectueux l'un de l'autre ; les peuples enfin en paix, libres et égaux ; la civilisation et la tradition se régénérant mutuellement ; le passé éclairant le présent pour jeter les bases d'un avenir renouvelé... tout cela grâce à la magie de la langue qui, seule, peut dire ce qui ne fut pas ou n'est pas encore.

1.

Un récit à la frontière du vécu et de l'attente

1. *De la biographie à l'autobiographie*

Dans l'avertissement de *La Mère du printemps* (Seuil, 1982), roman qu'il écrit dix ans après *La Civilisation, ma Mère !...*, Chraïbi donne au lecteur une indication pour démêler les nœuds de sa fiction : il ne s'agit pas d'un « livre d'histoire », mais le roman « y prend sa source » et « se nourrit de l'imagination galopante d'un auteur » que l'écrivain présente comme son double. Chraïbi n'est ni le premier ni le seul écrivain à jouer sur l'assimilation possible et tentante du narrateur du roman et de l'auteur, mais il explore avec une virtuosité remarquable l'ambiguïté de l'instance narrative dans un roman qui oscille entre l'autobiographie et l'autofiction.

La Civilisation, ma Mère !... apparaît à la première lecture comme le récit, réalisé par deux frères, de la libération de leur mère. Le cadet, dont on ignore jusqu'à la fin le nom mais dont on sait qu'il est devenu écrivain, assure la première partie de ce qui s'apparente à une biographie. Il relate ainsi l'intrusion progressive de la technique occidentale dans l'univers clos de la mère puis il décrit les lents apprentissages qui lui

ouvrent le monde. La seconde partie est quant à elle prise en charge par Nagib, le fils aîné, et elle évoque la conquête par la mère de son autonomie dans la société marocaine jusqu'au départ vers la France. Centré autour de la mère, le récit ne lui laisse pourtant pas tout à fait la parole, ce qui a pu faire dire à certains critiques (Anne-Marie Gans-Guinoune ou Samia Chedly) que la libération de la femme était en réalité incomplète puisqu'elle demeurait jusqu'à la fin objet du discours masculin et non sujet à part entière. Les deux narrateurs ne cessent de dire «je» à sa place, suggérant par là que la biographie de la mère est bien davantage une autobiographie à deux voix.

2. *Deux voix ?*

À deux voix ? Si les deux frères sont différenciés, non sans effet comique, par leurs physiques opposés (le loustic et le géant) et par leurs destinées scolaires (le bon élève occidentalisé qui part en France et le célibataire éduqué à la contre-école de la vie), leur distinction finit par s'effacer au fil d'un récit qui s'achève sur la perspective de leur réunion. Chraïbi montre ainsi les deux frères de plus en plus complices au gré de leurs jeux, au point de les souder le plus souvent dans un «nous» qui supplante la voix singulière de chacun. L'un semble assurément rire plus que l'autre, plus déchiré et introverti, mais on retrouve les mêmes tics («ai-je dit?») dans les deux récits et force est de constater que l'artifice de la double narration s'érode comme s'érode le caractère épistolaire de la lettre que Nagib écrit à son frère au début de la seconde partie. L'aîné s'y présente avec ironie comme celui qui est resté au pays et n'a pas perdu ses racines, mais il parle

aussitôt après de « son » père comme s'il n'était pas aussi celui de son frère — lapsus que le cadet avait également fait au chapitre 1 en évoquant « sa » mère et « son » père comme s'il était seul au monde. Il y a donc bien deux fils et sans doute la double narration s'imposait-elle pour établir un parallélisme entre le départ du cadet et la naissance au monde de la mère, mais surtout pour permettre la réunion finale des frères, des deux mondes et la libération du premier par la vitalité du second. Cependant, il n'y a peut-être qu'une seule voix, ce qui rapproche le roman d'un classique récit d'enfance dont la grande part autobiographique est d'ailleurs assumée par un narrateur fort peu distinct de l'auteur.

3. À la croisée du réel et de l'imaginaire

Qui est en effet ce narrateur qui choisit les deux titres des parties ? Qui fait précéder le récit d'un prologue en italique où est modulée la douleur de la perte d'un monde idéalisé ? Malicieux, Chraïbi distille les indices qui engagent le lecteur à le reconnaître partiellement sous les traits du jeune cadet : en jouant sur le double registre propre au récit autobiographique, il établit une distance entre l'adulte, mûr et nostalgique, et l'enfant qu'il a été et qu'il regarde avec une tendre ironie, notamment lors de l'épisode des chaussures de Noël brûlées dans la cuisinière. Facétieux, il exhibe la date de parution de son ouvrage (1972) dans la conversation entre les deux frères et la vendeuse de robes. Subtil, il glisse son propre prénom dans la liste de ceux que pourrait avoir le père Noël. Plus explicite, il décrit son bureau où «trône auprès des livres qu'il a écrits» la machine Singer de sa mère. Enfin, une bonne partie des éléments du récit concorde avec ce que nous savons

de la biographie de Chraïbi et ce qu'il a bien voulu en dire dans ses Mémoires. D'autre part, l'écrivain n'a jamais fait secret de sa source d'inspiration : «Je pars de faits réels, autobiographiques », affirme-t-il dans la préface à l'édition canadienne du roman. «Je n'avais pas à inventer des héros, des archétypes, des personnages fictifs. Un être humain, réel et vivant, était là ; avec son rire et sa pureté, sa joie de vivre face à la crise des civilisations et face à l'angoisse du monde : ma mère. Elle vit encore, elle a cinquante-huit ans. »

Que l'auteur prenne des libertés avec l'autobiographie, cela paraît certain. Ainsi, dans le roman, le personnage de la mère fume, élément relativement invraisemblable dans le contexte. Chraïbi rapporte à ce propos l'étonnement de l'écrivain Tahar Ben Jelloun, dont la mère, toute libre fût-elle, n'eût pourtant jamais fumé. Quant à la destinée du personnage du roman, elle n'est en aucun cas celle de la mère de Chraïbi, comme il le reconnaît lui-même : «Il y eut néanmoins des forts en thème qui affirmèrent que la mère, personnage principal, était ma propre mère. La créatrice de mes jours eût été ravie de ceindre son front de ces lauriers qu'on lui tressait [...]. Le hic, c'est que ma mère ne savait ni lire ni écrire, ni en arabe ni en français. » Vivante et inventive, la mère de Chraïbi restera toute sa vie ignorante et cloîtrée dans sa condition de femme. De même, il paraît inconcevable dans les années 1970 qu'une femme marocaine ait pu être aussi libre sans se heurter à la résistance violente des hommes et de toute la société. *La Civilisation, ma Mère !...* est donc bien à la croisée du réel et de l'imaginaire : autobiographie fictive, le roman s'apparente en vérité à un nouvel épisode de la vie du narrateur, Driss Ferdi, sorte de double personnel que Chraïbi a inventé dans *Le Passé simple*, son

premier roman, et qu'il reprendra dans les deux autres
récits que la critique classe dans le cycle de « la famille ».

4. *De l'autobiographie à l'autofiction*

La Civilisation, ma Mère !... oscille entre la fiction
revendiquée et un ancrage non moins assumé dans la
réalité des souvenirs de Chraïbi. Cette imbrication est
le propre de tout projet autobiographique (car nul
n'échappe véritablement aux « embellissements » prati-
qués par François-René de Chateaubriand dans les
Mémoires d'outre-tombe). Mais si *La Civilisation, ma Mère !...*
s'inscrit dans la tradition littéraire ancienne de l'auto-
biographie, le roman participe aussi à son renouvelle-
ment en n'hésitant pas à transposer, comme Marcel
Proust le fit dans la *Recherche du temps perdu*, l'écriture
de soi dans des personnages imaginaires. Les années
1970 consacrent ainsi en France tout à la fois le succès
de l'écriture autobiographique traditionnelle, qui attire
un public friand d'expériences vécues (parution des
Mémoires de Charles de Gaulle, du *Cheval d'orgueil* de
Pierre Jakez Hélias, des *Trois sucettes à la menthe* de
Robert Sabatier ou d'*Un sac de billes* de Joseph Joffo),
mais aussi l'intérêt pour ce que Serge Doubrovsky
appelle en 1977 (dans *Fils*) l'autofiction. Il s'agit, en
bouleversant l'ordre de la narration ou en démulti-
pliant les points de vue, de faire du récit personnel un
lieu d'innovation formelle et de réflexion sur la fiction
et la création à l'instar de ce que propose Georges Perec
en 1975 dans *W ou le Souvenir d'enfance*.

Or, le roman maghrébin d'expression française a
tout particulièrement exploité cette veine littéraire : il
se déploie en effet depuis la Seconde Guerre mondiale
en plusieurs vagues qui correspondent aux évolutions

politiques qui vont mener à l'indépendance. On passe d'une période ethnographique (1930-1950), où les écrivains témoignent au travers de récits d'enfance de l'identité déchirée et de la vie du colonisé (*Le Fils du pauvre* de Mouloud Feraoun, *La Grande Maison* et *Le Métier à tisser* de Mohammed Dib), à une période de revendications politiques où le texte devient le support d'affirmations identitaires nettement plus violentes, tournées contre la colonisation (*Nedjma* de Kateb Yacine) puis contre les régimes en place (*Le Passé simple* de Driss Chraïbi). La littérature du Maghreb aurait eu, par conséquent, tendance à privilégier le récit personnel, de façon à pouvoir témoigner auprès d'un public essentiellement occidental de la situation singulière des colonisés, puis des déchirements identitaires qu'implique une double culture, ou le fait de s'exprimer dans une langue qui n'est pas celle de sa naissance.

Albert Memmi explique cet intérêt des écrivains maghrébins pour le roman autobiographique par le processus même de la colonisation, qui génère un profond besoin de reconnaissance : « Pour ce qui est de la littérature, il est donc normal pour l'écrivain de commencer par la recherche de son moi, effacé et parfois aboli par le colonisateur, de se complaire à étaler les douleurs de sa subjectivité agressée, en un mot de s'épancher sur son être dans des élans politiques et tragiques avant de prendre ses distances » (*Portrait du colonisé*). L'écriture de soi permet d'exorciser ses monstres intérieurs en dénonçant la société coloniale ou traditionnelle.

5. *Un pont entre la réalité et le rêve*

De fait, si *La Civilisation, ma Mère !...* semble, par la nostalgie du passé qu'il véhicule, s'inscrire dans l'héri-

tage des récits d'enfance propres aux années 1950, il est plus actuel en ce qu'il fait écho aux revendications de libération du tiers-monde et de la femme, caractéristiques des années 1970. On retrouve de tels engagements dans d'autres romans maghrébins d'expression française, comme *Harrouda* de Tahar Ben Jelloun, *La Répudiation* de Rachid Boudjedra, ou *Femmes d'Alger dans leur appartement* d'Assia Djebar. La singularité de ces récits tient à la coexistence des engagements politiques concrets et de la magie d'une enfance en grande partie sublimée, ce que confirme Chraïbi à Kacem Basfao, qui lui a consacré une thèse : «Je répète que je ne peux pas écrire ce que je n'ai pas vécu. Je n'écris pas tout à fait ce que j'ai vécu, c'est impossible.»

Loin de lui être opposée, la plongée dans l'imaginaire paraît donc indispensable au récit autobiographique. Cela tient à la conception singulière que Chraïbi se fait du pouvoir de la fiction. À la fin de *Passé simple*, le narrateur Driss Ferdi se rend compte qu'il a vécu dans l'illusion : celle, immédiate, qui lui a fait ignorer qu'il vivait dans une maison de passe alors qu'il croyait être dans une pension de famille honorable et celle, infiniment plus tragique, qui lui a laissé entendre que la France mettait en application les grandes valeurs dont l'éducation coloniale avait fait la promotion :

> Au moment où je franchissais le seuil, j'eus un soubresaut, très bref, très intense. Et si j'écrivais ce que je n'avais pas vécu, tout ce que je n'avais jamais pu vivre, ni ici ni dans mon pays natal, sinon en rêve et en mots vides ? Et si l'échelle des valeurs était située dans l'autre sens, les idéaux en bas et les contingences terrestres tout en haut ? (*Lu, vu, entendu*, Denoël, 1998.)

L'écriture puise sa source dans la «lame de fond» de la désillusion face au réel, dans l'entre-deux intenable

des rêves véhiculés par les livres et du choc de l'âpreté du réel. Pour Chraïbi, la fiction est indispensable pour écrire ce qui n'est pas mais existera peut-être : la libération de la femme, l'indépendance des pays du tiers-monde et la rencontre fructueuse de l'Occident et du Maghreb, incarnées dans le personnage de la mère. À la fois réelle et imaginaire, celle-ci est ce symbole que l'écrivain crée sans tout à fait l'inventer, pour tenter de combler les manques du réel, pour compenser la perte du passé et bâtir par les mots l'équivalent littéraire du mausolée blanchi où repose la vraie créatrice de ses jours. L'écriture est un pont entre la réalité et le rêve, entre le passé qui est mort et le présent qui ne peut se satisfaire du deuil :

> Que jamais rien ne meure. C'est alors que naît l'inspiration, à l'exacte frontière du vécu tout récent et de l'attente d'un nouveau moment privilégié. Elle supplée la réalité, lui donne une nouvelle vie (*L'Inspecteur Ali*, Denoël, 1991).

Avec sérénité, *La Civilisation, ma Mère!...* tisse les fils du passé et du présent : le récit fusionne les temporalités, rapprochant la libération de la mère (1940) de celle du Maroc (années 1950), puis des nations mises longtemps sous tutelle (années 1970). Entre le rire tendre et la nostalgie, le roman réunit les êtres et les mondes en abolissant les barrières du temps, tel ce passage où le présent de narration fait irruption dans le récit au passé de la première sortie dans le parc : «Elle ne dit rien, elle marche.» Pour Chraïbi, l'écriture établit et révèle les correspondances entre les différents héritages, le moi dispersé de l'auteur, les vagues des marées du temps qui se succèdent. Donner la vie à un monde ou à un être nouveau, c'est, nous dit Chraïbi,

irrémédiablement faire le rappel de ceux qui nous ont précédés pour mieux les quitter : les ignorer, c'est inversement se condamner à rester immature, à l'image de ce Maroc que la mère abandonne avec son mari, en espérant les retrouver changés ou émancipés à leur tour.

2.

« Deux maisons. Deux rives. Un même exil. » (Tahar Ben Jelloun)

Au premier chapitre du roman, le jeune narrateur rentre chez lui : il passe d'un monde à un autre. Il quitte la ville occidentale avec son cartable et ses vêtements civilisés, il change de langue et se lave comme pour se purifier. Il regagne le monde des origines où l'on parle l'arabe et où règne sa mère. À l'autre bout du livre, celle-ci fait sa valise et remet ses diplômes à son mari ; elle coupe ses longs cheveux et part à la rencontre de l'Occident. Entre ces deux scènes qui se font écho, une métamorphose a eu lieu et elle a surgi de la rencontre enrichissante des deux mondes que Chraïbi a toujours cherché à faire cohabiter en lui.

1. « Assis entre deux portes fermées » (Succession ouverte)

France ou Maroc ? Civilisation ou tradition ? Amantes de Lamartine ou « boules noires de tendresse » des yeux de la mère ? La séparation semble assez franche entre les deux univers. Pourtant, les frontières sont perméables et les portes s'ouvrent sur l'Autre : les stéréo-

types font alors place à des images plus ambiguës et en demi-teintes.

Le Maroc des origines est perceptible au travers de la figure de la mère avec ses clichés les plus célèbres et son exotisme longtemps chanté par une tradition orientaliste qui a parfois agacé Chraïbi : la maison aux zelliges frais et aux innombrables pièces desservies par un escalier mal conçu, l'univers dominé par la parole, le rire et la bonne humeur, les danses et les chants, la culture orale de la palabre, la nourriture abondante et la générosité de l'hospitalité, les dattes et les olives, les négociations interminables, la légendaire débrouillardise « made in Casablanca »… L'imagerie du Maroc se déroule sous les yeux d'un lecteur qui ne demande qu'à reconnaître le monde rêvé des contes, que la mère récite le soir à son fils. Simple comme cette femme, le Maroc est ressuscité par Chraïbi avec une jubilation évidente et cela d'autant plus que cet univers a disparu, mort sous les coups de boutoir du progrès scientifique. Il y a cependant un envers à ce décor idéalisé : le Maroc reste pétrifié, selon les mots de l'écrivain, prisonnier de ses traditions et de son code de la famille, qui interdisent aux femmes de sortir de chez elles, qui ne les éduquent pas, les marient sans leur consentement et les répudient tout aussi facilement. Moins sévère que dans *Le Passé simple*, où il n'hésite pas à écrire : « Un jour vous fûtes nubiles. Et depuis vous n'avez cessé d'être mortes », Chraïbi est néanmoins critique à l'égard d'une société qui a oublié de décoloniser les femmes. L'autocritique du père à la fin de *La Civilisation, ma Mère !…* est sans appel, notamment pour la religion : la libération de la femme est la condition d'un renouvellement politique et social. À cela s'ajoutent l'inertie des hommes et leur

fatalisme (p. 140), la corruption politique et l'éternel refus de l'Autre qui bloquent toute la société.

2. *L'Occident et ses mirages*

En apparence, l'Occident offre une porte de sortie et les instruments de la libération. Il met à la disposition de la mère les moyens de communiquer et de s'ouvrir au monde. Il pourrait aussi lui faciliter la vie quotidienne si elle acceptait de se servir correctement des progrès techniques : il est attesté que la machine à laver et autres ustensiles mécaniques ont contribué à libérer la femme occidentale de ses tâches ménagères. Bien plus, l'Occident incarne la modernité d'une économie capitaliste fondée sur l'argent, le sens progressiste de l'Histoire et les idéaux de liberté. L'Europe, pour l'enfant marocain qui va à l'école, ce sont des auteurs du XIXe siècle qui défendent les esclaves, les misérables et la dignité humaine. L'Occident, c'est enfin le rationalisme et l'esprit critique qui incitèrent, depuis le XVIIIe siècle des Lumières, à ne pas se satisfaire des dogmes et de l'obéissance servile.

Toutefois, cet idéal, stratégiquement enseigné à l'école de Jules Ferry, ne libère pas les Marocains venus sous les fenêtres de la villa d'Anfa demander qu'on leur accorde la souveraineté et la reconnaissance des libertés défendues dans la Déclaration des droits de l'homme, pas plus qu'il n'émancipe les femmes. Ainsi le père, tout civilisé qu'il est, ne songe pas un instant à expliquer à sa femme ses paroles obscures sur la «société en pleine mutation», ni même à changer de comportement à l'égard de celle qu'il considère comme «le dernier vestige d'une époque fruste, pure et crédule». Chraïbi retourne contre l'Occident ses propres armes.

Les questions incisives de la mère déstabilisent tout
d'abord son professeur (2e partie, chap. 5), puis les
hommes politiques et pour finir son propre fils, élevé
pourtant à bonne école. Plus sensible que lui à l'effet
d'embrigadement de l'enseignement colonial (dénoncé
notamment dans *Nedjma* de Kateb Yacine), la mère
passe au crible les livres occidentaux que son enfant
admire et elle se rit de leurs préjugés culturalistes et
racistes. Elle n'hésite pas à remiser à la cave les grands
auteurs du panthéon occidental, sous le prétexte que
leur comportement contredirait leurs écrits.

En fin de compte, s'il y a un choix à faire, on sent
bien que, malgré l'émerveillement de Chraïbi pour le
Maroc de son enfance, il ne reniera jamais l'apport de
l'Occident — quitte pour cela à renoncer à se dire
« anticolonialiste » et à se voir critiqué par nombre de
ses contemporains qui lui reprochent l'universalisme
de ses positions.

3. *La rencontre : confrontation et malentendus*

Les portes ne peuvent cependant toujours rester
fermées : l'Occident et le Maghreb se rencontrent au
cœur de l'Histoire et dans un titre qui les juxtapose
sans lien logique. *La Civilisation, ma Mère !…* reprend en
effet une expression orale propre aux peuples de la
Méditerranée et qui exprime un sentiment d'admira-
tion vaguement ironique, mais il réalise également la
mise en contact dynamique (le point d'exclamation)
de l'Occident et de l'Orient symbolisée par la mère et il
dessine l'espoir d'une synthèse marqué, selon Stéphanie
Delayre, par les points de suspension. À l'image du titre
qui télescope les deux mondes en jouant sur l'antago-

nisme et l'échange, le récit dans son entier évoque les bouleversements périlleux de la rencontre des cultures.

Or, bien souvent, le malentendu et l'incompréhension dominent dans un premier temps. Le départ du cadet pour la France est vu avec une ironie amère par son frère, l'usage du français est conçu par la mère comme une trahison, la séance de cinéma offre la vision d'une population sensible à la propagande occidentale, qui prend le parti du « méchant » colonisé contre le héros blanc ; enfin, la lecture que le peuple marocain a du conflit mondial se fait au travers du prisme d'une possible libération de la tutelle française par les Allemands. De même, après avoir rencontré les amis de son fils, la mère s'étonne de son admiration pour « un monde de maîtres » qui ne sait pas seulement exprimer ses émotions et ses sentiments. Au bal, les bourgeoises applaudissent la danse de la jeune femme du bout des doigts, gratifiant le spectacle d'un « charmant ! » qui en dit long sur leur mépris. À l'image du père qui n'entend pas les questions de sa femme et leur oppose des paraboles qu'elle prend au pied de la lettre, c'est toute la société coloniale qui, selon Albert Memmi dans *Portrait du colonisé*, voue les populations à l'ignorance mutuelle :

> La société colonisée est une société malsaine où la dynamique interne n'arrive plus à déboucher en structures nouvelles. Son visage durci par l'histoire n'est plus qu'un masque, sous lequel elle étouffe et agonise lentement.

4. *La métamorphose*

Pourtant, sous l'impulsion des fils, la rencontre du passé et de l'avenir, de l'Occident et de l'Orient, se fait

pour et par la mère. Sa lente métamorphose est celle d'un pays et d'une culture régénérés par l'humanisme occidental qu'ils digèrent et adaptent à leur vision des choses. Les étapes de la libération ne se font pas sans douleur : elles vont de l'irruption des emblèmes de la civilisation moderne dans le monde clos de la mère à l'implosion de ce même monde. La sortie vers le monde extérieur peut alors intervenir et se poursuivre par la conquête de la liberté individuelle. La mère apprend ensuite à connaître son pays, qu'elle arpente en tous sens à côté de Nagib au volant de sa voiture. Bouleversée, la jeune femme s'ouvre aux idées véhiculées par l'Occident, au progrès et surtout au sens critique. Elle abandonne ses illusions et remise une part de son passé, non sans véhémence. Elle repeint la maison, elle échange les vieux meubles contre un décor à l'occidentale. Elle enterre les vestiges de sa vie crédule. Le contact avec la vérité brûlante du savoir s'apparente à une naissance aveuglante : la mère pleure ses illusions et goûte à l'amertume de la liberté. Irrémédiablement marquée par l'apport de cette lucidité occidentale, la mère est déchirée comme son fils par un exil intérieur. Signe de cette virginité perdue, une tache d'herbe verte reste sur sa robe rouge lors de sa première sortie hors de sa prison.

Pourtant, la mère n'est pas brisée : « Les clous, les sociétés, les sentiments peuvent se rouiller. Pas ma mère. » Elle va assimiler ce savoir sans jamais oublier ce qu'elle est. Comme l'herbe qu'elle a broutée dans le parc, elle dévore les livres sans cesser de les considérer de son œil acéré. Elle adapte tout ce qu'elle rencontre à ses sensations : du fer à repasser au fait-tout devenu brasero, de la cuisinière-boîte à souvenirs à la radio. Les objets, les livres, les hommes sont « désénervés ».

L'union de l'Occident et de l'Orient se réalise dans ce
personnage d'une vitalité incroyable : et c'est sur la mer
entre les deux continents ou dans l'aller-retour perma-
nent du migrateur que la symbiose peut se concrétiser.

> L'exil est un royaume [...]. J'appelle exil l'ouverture à
> l'Autre, le besoin de se renouveler et de se remettre en
> question. Les cultures sont autant de prisons (*Le Monde
> à côté*).

5. *L'entre-deux langues*

Sur fond d'un éclat de rire géant, un bateau trace sa
route sur la Méditerranée, une voiture traverse le
Maroc, un fil de laine se mêle un soir à une mèche de
cheveux, un fil rose recoud les pièces éparses d'un vête-
ment ou d'un drapeau improbable... l'écriture présente
bien des métaphores chez Chraïbi, qui coupe et recoud
les bribes de son enfance (et de ses romans) comme sa
mère fabrique des djellabas bibliques. Là encore, l'écri-
vain se distingue : ce qui est pour beaucoup une « fêlure »
ou un lieu d'exil, à savoir la langue française, est pour
lui une nécessité. Écrire en arabe ou en français ? La
question ne se pose pas pour Chraïbi qui, pour désa-
morcer l'éternelle question du bilinguisme et de l'ac-
culturation, affirme avec humour qu'il a une machine à
écrire extraordinaire qui traduit en bon français son
« dialecte ». L'usage du français s'impose pour quatre
raisons : la langue arabe n'aurait pas, selon lui, évolué
avec l'Histoire, les maisons d'édition sont françaises et
le public aussi, la liberté d'expression est préservée en
France tandis qu'au Maroc elle est, même en 1972,
réduite. Enfin, et c'est sans doute la raison principale,
la distance à l'égard de la langue maternelle était néces-
saire pour pouvoir écrire ce monde que Chraïbi porte

en lui comme un «brasier». «Écrire c'est se séparer : quitter le corps de la mère, s'éloigner un temps de la terre natale» (Tahar Ben Jelloun, «Parole d'exil», *Magazine littéraire*, juillet 1985) pour y retourner un jour : le titre du roman *La Mère du printemps*, écrit en 1982, sera traduit en arabe sur la page de couverture. La langue maternelle est probablement active dans une langue française dominée par l'oralité mais Chraïbi vise, comme son personnage, l'universel. Plus de trente ans avant le manifeste *Pour une littérature-monde* (sous la direction de Michel Le Bris et Jean Rouaud, Gallimard, 2007), il dénonce la francophonie comme un régionalisme et se considère avant tout comme un écrivain qui refuse le ghetto des classifications culturelles. Insensiblement, la mère passe d'une langue à l'autre comme au travers d'un miroir. L'idéalisme de Chraïbi préfigure ainsi les affirmations d'Alain Mabanckou dans «L'oiseau migrateur» (*Le Monde*, 19 mars 2006) : «Être écrivain francophone, c'est être dépositaire de cultures, d'un tourbillon d'univers. Être un écrivain francophone, c'est certes bénéficier de l'héritage des lettres françaises, mais c'est surtout apporter sa touche dans un grand ensemble, cette touche qui brise les frontières, efface les traces, amoindrit la distance des continents pour ne plus établir que la fraternité par la langue et l'univers.»

Pour aller plus loin…

Sur Driss Chraïbi

Anne-Marie GANS-GUINOUNE, *Driss Chraïbi. De l'impuissance de l'enfance à la revanche par l'écriture*, L'Harmattan, 2005.

Stéphanie DELAYRE, *Driss Chraïbi. Une écriture de traverse*, Presses universitaires de Bordeaux, 2006.

Sur la littérature francophone

Tahar BEN JELLOUN, *L'Enfant de sable*, Seuil, 1985.

Rachid BOUDJEDRA, *La Répudiation*, Denoël, 1969.

Mohammed DIB, *La Grande Maison*, Seuil, 1952.

Assia DJEBAR, *Femmes d'Alger dans leur appartement*, Des femmes, Antoinette Fouque, 1980.

Mouloud FERAOUN, *Le Fils du pauvre*, Seuil, 1954.

Kateb YACINE, *Nedjma*, Seuil, 1956.

Genre et registre

La femme est l'avenir de l'homme

LA QUESTION DU STATUT DE LA FEMME marocaine n'est pas un sujet radicalement nouveau dans l'œuvre de Chraïbi : dans *L'Âne*, recueil paru en 1956, la nouvelle intitulée «Premier amour» racontait déjà le suicide d'une jeune fille mariée de force tandis que *La Greffe* (adaptation pour France Culture du 26 juin 1966) mettait en scène une mère, Mme Sken, qui reprochait aux Occidentaux, et plus indirectement à son propre fils, d'avoir fait de «la femme musulmane un être existant mais non vivant, impersonnel, inconsistant», et de l'avoir traitée «comme une bête». Pourtant, quand la mère de *Succession ouverte* vient se confier le soir à son fils et se plaindre amèrement de sa condition de prisonnière, celui-ci refuse de l'entendre : «Je me dressai dans mon lit et lui criai : Je t'en prie !» Les femmes, dit-elle, finissent par aimer leur geôle et peut-être leur bourreau ; et ce n'est pas la seule inconséquence d'un discours, pris en charge par un homme, sur un désir d'émancipation qui s'arrête trop souvent au seuil de la révolte et ne va que fort rarement jusqu'au bout de son cri. *La Civilisation, ma Mère !…* marque, de ce point de vue, une évolution mais ne se dégage pas pour autant de toute ambiguïté.

1.

Un roman féministe ?

1. *De l'enfance à l'âge adulte* : Sapere aude !

Dans *Qu'est-ce que les Lumières ?* (1784), le philosophe Emmanuel Kant décrit la lente émancipation des hommes grâce au savoir et il compare l'humanité à un enfant qui passe à l'âge adulte par l'usage de sa raison. Il faut donc « oser savoir » pour conquérir son autonomie. Avec une pédagogie adaptée à l'esprit sensible de leur mère, les deux fils entreprennent de transformer la femme de trente-cinq ans en adulte de « trente-deux dents ».

Première étape : briser les murs et rompre l'immobilisme de cette femme cloîtrée. Le roman commence sur une porte ouverte par un enfant qui fait entrer chez lui l'esprit du dehors et il s'achève sur l'horizon de la Méditerranée. Entre-temps, les objets techniques auront fracturé à leur manière l'univers clos d'une mère d'abord réfugiée dans sa cuisine, puis progressivement attirée au-dehors jusqu'à faire de sa chambre un lieu perméable aux bruits du monde. Le tombeau qu'est la maison se fendille peu à peu, de la porte sortie de ses gonds pour laisser passer la radio, à l'escalier exigu (comme la condition de la femme) et qui finit par céder à coups d'explosions : symboliquement, le plâtre des murs vole en éclats. Et c'est sous la forme du rituel inversé du mariage que les deux fils portent leur mère vers l'extérieur pour lui faire découvrir le monde ignoré :

> Nous ouvrîmes la porte et fûmes dehors d'un bond,
> soulevant notre mère tel un manifestant en rébellion
> entre deux agents du maintien de l'ordre.

La libération s'effectue tout à la fois par l'éclatement de l'espace obscur de la maison et par la conquête d'un territoire qui va de la rue au Maroc tout entier. La mère se met en mouvement : couchée, elle se lève, danse et avance fermement, à l'image de la population qui, sous les fenêtres de la villa d'Anfa, est mue par une poussée irrésistible : « Debout les vivants ! » est son cri de ralliement.

2. *Mère et fils*

Mais, pour cesser d'être une mineure, le chemin est long et semé d'embûches. L'autonomie n'aura été possible que parce que cette femme avait seulement deux enfants. En 1930, la condition de la femme marocaine est, au dire même de Chraïbi, peu enviable : la brève biographie de son personnage suffit à nous en convaincre. Orpheline et ignorante, l'enfant est d'abord la servante de sa famille, puis elle est mariée à un homme qui pourrait être son père et qui lui apprend le peu qu'elle saura jamais. Il lui assure une protection matérielle qui lui épargne la pauvreté mais l'empêche définitivement de connaître la réalité et l'âpreté parfois libératrice du travail. Enfant gavée comme jadis les femmes du harem, la mère aurait préféré être pauvre pour apprendre l'effort de la subsistance. Reste à savoir si ses « sœurs » de *La Grande Maison* ou du *Métier à tisser* (romans de Mohammed Dib) furent plus libres, sinon plus heureuses... Cependant, si Chraïbi montre la mère ignorante, on ne sent aucun mépris dans son évocation : la force de cette femme réside dans son éternelle

innocence et dans sa capacité à rêver. Car elle est plongée «dans la nuit polaire» d'un univers caparaçonné de préjugés; condamnée à cuisiner des aliments qu'on lui livre pour lui éviter d'aller les chercher au-dehors, réduite à élever des enfants qui l'abandonneront un jour, la femme est vouée à une solitude terrible qui la conduit à parler aux objets et au mouton qu'elle finira tout de même par sacrifier. Et le paradoxe de la scène où, en pleurs, elle se sépare de son confident à quatre pattes pour le transformer avec joie en brochettes, dit toute l'ambiguïté d'une relation filiale qui condamne les mères à l'enfantement des fils pour ne pas rester seules et qui les engage à les conserver le plus longtemps possible dans un giron castrateur.

3. *La perspective de l'action*

Les deux parties du récit dégagent deux grandes étapes dans la libération : «Être» décrit comment des innovations techniques (radio, téléphone et cinéma) découvrent la mère à elle-même et l'amènent à la conscience de soi : ce «moi» brodé sur la serviette de table. «Avoir» correspond ensuite à ce que Chraïbi nomme «une naissance au monde» par le savoir et la conquête des droits politiques. Dans la première partie, la mère se reconnaît femme et a enfin une âme : elle apprend à lire et à écrire. Dans la seconde, elle obtient des diplômes et entreprend de libérer les autres en faisant partager sa science et en «posant des questions aux questions». L'ouvrage s'achève ainsi sur la perspective de l'action, comme le suggère la présentation que l'écrivain propose pour l'édition canadienne de son roman : «Elle a été. Elle a eu. Elle a fait.»

Or, cette conquête effectuée dans la joie («je suis

heureuse ») ne se fait pas sans heurts ni confrontations : la jeune femme se combat tout d'abord elle-même et tente de faire coïncider son moi social et ses désirs de liberté. Elle peut alors affronter le monde : le soldat ignorant, son double de jadis qui peine à la comprendre devant la villa d'Anfa, de Gaulle qui ressemble à s'y méprendre à son mari et qu'elle n'applaudit pas, le père à qui elle résiste dans un match de boxe incertain dont l'issue lui est volée par son fils, les hommes marocains enfin, qui la rejettent et la menacent implicitement en la condamnant au départ. Son rêve de paix et de reconnaissance de la dignité des peuples est enthousiaste et il rejoint l'idéalisme de son mari imaginant une société régénérée par la commune familiale. Ils se heurtent cependant tous deux à la réalité, comique mais inquiétante, d'une foule aveugle hypnotisée par un grand homme et d'une bagarre généralisée entre réformistes et tenants de la tradition. On ne change pas facilement les mentalités. Si l'émancipation de la mère est indéniable, celle de la société bute sur l'inertie des hommes : une telle révolution n'est sans doute pas encore possible et c'est là toute l'ambiguïté du message du roman.

4. *Une émancipation imparfaite*

En réalité, la confrontation des hommes et des femmes est toujours biaisée et comme escamotée : au moment où le mari s'apprête à répondre à sa femme révoltée, Nagib intervient et, par un tour de passe-passe, le met dehors. L'époux quittera ensuite violemment la table quand il découvrira que les broderies sur les serviettes le désignent comme un intrus ou un adversaire (« lui »). Il ne parlera finalement qu'à son fils,

restant muet avec sa femme jusque sur le quai où elle le quitte. La mère n'affronte pas davantage de Gaulle, à peine entrevu et reconnu. Dans la marche vers la villa d'Anfa, les dés sont pipés : de faux militaires recrutés par Nagib servent de gardes du corps tandis que les grilles cèdent parce que leurs barreaux ont été préalablement sciés. Il y a toujours un fils pour s'interposer et cette femme, qui a beau exiger qu'on la laisse faire jusqu'à gifler par deux fois son enfant intrusif, demeure sous tutelle.

Car qui émancipe ? Son désir de liberté, ses fils le lui révèlent et l'expriment avant elle :

> À genoux, mains jointes, la clarté des flammes sur son visage, elle était là, immobile, regardant, à travers êtres et choses, assoiffée d'eau, assoiffée de liberté et de vérité, un monde vers lequel elle se dirigeait depuis toujours en tâtonnant dans les ténèbres.

De même, dès le début de la seconde partie, Nagib se fait l'interprète de sa mère et la congédie en l'envoyant se reposer. Pourtant, Chraïbi n'ignore pas que sa vraie mère est restée ignorante sans qu'il y puisse rien changer. « Tombée, qui l'avait relevée ? Et qui avait montré le chemin de ce monde qu'elle cherchait désespérément ? » Dans la réalité, personne. Dans la fiction, un fils qui réécrit l'histoire pour reconquérir l'amour d'une mère dont il fut le confident.

La pédagogie de cette libération est, dirait-on aujourd'hui, individualisée. Le narrateur s'appuie sur l'expérience et la découverte, suscitant des révélations ou des questions, sans imposer un savoir abstrait de toute façon inutile puisque la mère y est réfractaire. Mais l'explication magique des phénomènes (personnification des objets, magicien Monsieur Kteu, syllabes sexuées pour

apprendre la grammaire...) relève malgré tout d'un mensonge qui maintient longtemps la mère dans l'enfance. Le détour est nécessaire (le père échoue parce qu'il ne le fait pas) mais la révélation finale est douloureuse. Toute naissance est un arrachement : présentée par les narrateurs comme un progrès, la découverte du monde par la mère emprunte ainsi au champ lexical de l'enfantement. Comme un bébé (ou une blessée ?), elle marche aidée par ses deux fils, comme un enfant, elle s'éblouit de la lumière électrique, du chant des oiseaux ou du vert des feuilles, comme un nouveau-né, elle s'approprie le monde en le mettant à la bouche. Et c'est aussi avec des mots d'enfant qu'elle interroge son mari éberlué sur le mariage des arbres et sur «le chant du soleil couchant».

5. *Une naissance dans la douleur*

«La liberté est poignante ; elle fait parfois souffrir» : c'est sa propre souffrance que Chraïbi décrit lorsque, arrivé en France, il eut le sentiment d'avoir tout quitté pour un désert d'idéaux trahis. Dessillée, la mère se retrouve démunie dans un monde qui ne l'a pas attendue pour évoluer et qui la condamne à une adaptation rapide. L'univers s'effondre pendant que ses fils simulent une partie de poker : les rumeurs du bazar «craquent», la foule «pleut comme une cataracte». Entre déluge et tremblement de terre, la mère se retrouve nue, sans repères, cernée par les questions. Ses découvertes se soldent souvent par des crises de sanglots et les fils martèlent cette question lancinante : «Tu es triste ?» Le feu est allumé et il ravage tout, jusqu'aux sentiments tacites qui relient les êtres. L'un rit d'avoir cru au père Noël, fiction occidentale, l'autre est «devenue grande

maintenant » et s'interroge sur la fiction sociale et senti-
mentale qui l'unit à un étranger.

6. *Prendre la place du père*

Dans cette défloration que symbolisent à la fois la
chaussure que les fils enfilent au pied de leur Cen-
drillon de mère et la tache verte sur la robe, les fils
jouent un rôle ambigu d'initiateurs. « Jour après jour, je
l'amenais…, je visais…, je ne lui laissais pas un moment
de répit…, je lui montrais… » : le jeune fils prend ouver-
tement en charge l'éducation de sa mère, à laquelle il
fait même découvrir son corps après l'avoir métamor-
phosée en femme. Si Chraïbi affirme que l'amour
justifie tout, la situation est pour le moins étrange. L'ap-
proche psychanalytique que développe Anne-Marie Gans-
Guinoune (*Driss Chraïbi. De l'impuissance de l'enfance à la
revanche par l'écriture*) se révèle éclairante, même si elle
est discutable : toute l'œuvre de l'écrivain graviterait
autour d'une scène primitive où l'enfant espère pouvoir
remplacer le père dans le couple que celui-ci forme
avec la mère.

Dans *Le Passé simple*, la scène initiale se décline sous
la forme du fantasme du parricide. Le fils « battant
pavillon de l'amour » tente de soutenir et d'écouter
une mère qu'il adore et dont il désespère d'obtenir l'af-
fection. Dans *Succession ouverte*, le père est mort et le fils
revient au Maroc en espérant en vain reformer avec sa
mère un couple que l'exil avait séparé. *La Civilisation,
ma Mère !…* marque une étape supplémentaire puisque
le père passe progressivement au second plan et que la
mère est libérée par les fils qui la révèlent à elle-même.
« La figure du père s'étiole pour laisser place libre au
fantasme du fils. » Nagib et son jeune frère prennent la

place interdite sans pour autant complètement remettre en cause sa fonction traditionnellement protectrice. De même que le père récompense le cadet à chaque bonne note, Nagib donne de l'argent à sa mère qui lui rapporte ses réussites scolaires. La scène violente du *Passé simple* où le Seigneur met dehors son fils révolté est réécrite, mais c'est Nagib qui repousse le père. Celui-ci s'efface, non sans avoir donné son accord tacite à ses fils pour qu'ils prennent sa place, et le couple incestueux se dissimule à peine quand Chraïbi réunit dans la même cabine Nagib et sa mère : « Son visage était tout contre le mien, à se toucher presque. » De même, le dessin enfantin de la jeune femme se représentant entre ses deux fils transformés en arbres ferait les délices d'un psychanalyste.

7. *Vers l'émancipation*

Pour Chraïbi, il n'est pas trop tard pour changer la condition des femmes et, avec elle, celle des enfants parfois étouffés par leurs propres génitrices. « Elle nous découvrit, nous. Ses enfants. Existant de nous-mêmes, en dehors de notre père, en dehors d'elle-même. » Symbolisant l'« inconscient » de la société, les femmes ne peuvent pas être libérées par leurs maris au seul motif qu'elles ne les aiment plus. Cela est suggéré à plusieurs reprises dans le roman : à son fils qui l'interroge sur l'amour qu'elle porte au père, elle répond ainsi qu'il s'agit d'habitude. Symboliquement, elle se refuse à assurer sa tâche de nourricière et finit par installer son lit dans son bureau. Quand le mari touche affectueusement ses cheveux, elle se dégage avec douceur. Enfin, c'est bien la grève du devoir conjugal qu'elle propose aux femmes des villages marocains : une répudiation est pour elle une

bonne nouvelle. L'émancipation se fait donc contre des maris plus âgés en s'appuyant sur des fils qui n'ont parfois que quinze ans de différence avec leur mère.

Pourtant, si la mère prend progressivement la parole et dirige avec véhémence son factotum, elle reste confusément sous influence. Dépendante de son mari puis de son fils par l'argent qu'ils lui procurent, elle ne semble se prendre en charge qu'à la fin de l'ouvrage au moment où Nagib lui demande de payer son billet. De plus, le roman accorde une place exclusive aux enfants masculins, ignorant la relation mère-fille qui pourrait constituer une cellule capitale dans le mouvement de libération des femmes. Enfin, les catégories sexuées masculin/féminin demeurent très marquées jusqu'au bout (le tabac est ainsi une odeur d'homme), ce que confirmeront les romans dits « de la tribu ».

2.

Les moyens de la libération : technique *versus* parole

1. *Le rôle ambivalent de la technique*

La structure de tous les chapitres de la première partie est identique : des objets symbolisant la technique moderne sont introduits dans la maison et sont censés bouleverser le mode de vie de la mère et sa vision du monde. La radio et le téléphone investissent effectivement un espace qu'ils font voler en éclats : les rendez-vous quotidiens avec Monsieur Kteu révèlent à la jeune femme un monde qu'elle n'a pas encore vu tandis que les échanges téléphoniques avec sa cousine puis avec

ses amies lui permettent de récolter et de comparer des
informations concrètes sur la situation de la guerre.
Inversement, le fer à repasser et la cuisinière offerts par
un père «moderniste d'objets, non d'idées» n'ont
aucun effet libérateur. Sans doute la mère a-t-elle plus
besoin de briser sa solitude et de communiquer avec les
autres que de gagner du temps dans ses tâches ména-
gères. Présentées comme un progrès, les inventions
techniques occidentales symbolisent, comme le complet-
veston, un statut social élevé qui flatte le père mais qui
est étranger à son épouse. La technique n'émancipe
qu'à la double condition qu'elle favorise l'échange et
qu'elle soit assimilée et humanisée par son utilisateur.
Ambigu, Chraïbi montre non sans regret que la moder-
nité achève le monde magique de son enfance en même
temps qu'elle est vecteur de progrès social. Ainsi le
brasero sort-il vainqueur de son combat contre la cuisi-
nière : «L'instinct vainquit la science, le primitif rendit
des points à la civilisation métallurgique.» Se faisant
l'écho discret de la critique des effets aliénants de la
technique qui se déploie dans les années 1970 (Jürgen
Habermas, Herbert Marcuse), *La Civilisation, ma Mère!...*
met en valeur le savoir intuitif d'une femme qui refuse
moitié par ignorance, moitié par esprit de résistance,
de passer d'un maître à l'autre. À quoi sert la technique
si l'on perd le sens de l'humanité ? C'est déjà ce que
demande la citation en exergue du roman. Avec une
belle énergie, la mère humanise les objets, qui lui sont
ainsi moins effrayants. Elle rapproche ce qui lui est
inconnu de ce qu'elle comprend en essayant de ratta-
cher tout savoir abstrait à une réalité concrète. L'art du
détournement propre à l'esprit de combine du tiers-
monde et cette capacité à «désénerver» tout ce qui
inquiète sont des stratégies pour rester maître du jeu.

La rationalité voudrait que l'opératrice ne trouve pas la cousine de Fès, mais le miracle a lieu. Chraïbi suggère que ce ne peut être que sous des cieux marocains, où le principe de réalité cède toujours devant la force de métamorphose. Extraits de leur contexte et vidés de leur finalité utilitariste, les objets sont réinvestis par la vitalité de la mère, qui les réduit à des moyens là où l'Occident les transforme en absolus.

2. « *Entendu, vu, lu* »

Ce pourrait être le résumé de l'apprentissage de la mère du roman. Avant de prendre la parole, ce personnage est en effet « une forêt de signes » que ses fils décryptent. Avant d'échanger avec les autres, elle est un monde de silence et de ténèbres, peu à peu entamé par des bruits et des révélations visuelles. Chaque fois que la porte s'ouvre, ce sont des voix qui entrent : voix de crieur public, voix de fonte, voix qui hurle. Le monde se fait entendre avant même d'être vu. Vient ensuite l'éblouissement des couleurs vives du dehors. L'image la plus fréquemment utilisée pour exprimer la métamorphose par le savoir est celle de l'aveugle qui recouvre la vue : « Sa myopie intérieure deviendrait une vue de lynx », « Ses yeux furent réglés comme les lentilles d'une paire de jumelles », « Et elle nous *vit*. Vit que j'avais du poil au menton... » Ce regard ajusté devient un œil unique et critique qui jauge et juge les hommes. Plus rien n'échappe à cette vision corrosive capable dès lors d'inverser les points de vue (la lecture de l'Histoire) et de désamorcer la pensée unique. Assia Djebar, dans *Femmes d'Alger dans leur appartement*, éclaire la symbolique de l'œil : séquestrées dans le harem, les femmes

ne doivent pas être vues parce que « la libération passe par le regard ».

> Regard interdit : parce qu'il est certes interdit de regarder le corps femelle qu'on incarcère, dès l'âge de dix ans et jusqu'à quarante ou quarante-cinq ans entre les murs, au mieux entre les voiles. Mais aussi danger que le regard féminin, qui libère la circulation au-dehors, risque à tout instant de mettre à nu les autres regards du corps mobile. Comme si soudain le corps tout entier se mettait à regarder, à « défier » l'homme…

Une fois le regard libéré, il reste à prendre la parole pour apprivoiser le monde puis se rapprocher des autres dans le dialogue : Assia Djebar explique ainsi qu'elle « ne voit pour les femmes arabes qu'un seul moyen de tout débloquer : parler, parler sans cesse d'hier et d'aujourd'hui, parler entre nous, dans tous les gynécées, les traditionnels et ceux des HLM. Parler entre nous et regarder ».

3. Le rôle du silence

Rien de pire en effet que les impasses du silence ou de l'écoute à sens unique auxquelles la mère est tout d'abord condamnée. Le passage le plus douloureux est celui où le narrateur ne trouve plus les mots pour consoler sa mère perdue dans son désespoir, inatteignable. Les langues toutes faites du colon, du père, du politique ou de la science ne génèrent que des monologues qui ne l'atteignent pas non plus. Dans le premier dialogue avec le mari, la parabole des mulots lui est inaccessible et son interprétation au premier degré n'éveille aucune réflexion chez son époux. Plus tard, lorsque la mère éduquée se trouvera confrontée à la

même obstination du bon sens populaire chez le soldat,
elle s'énervera à son tour devant tant de résistance. Le
malentendu guette à chaque rencontre, à l'image de la
scène du fil bordé par hasard dans les cheveux, qui
suscite une nuit d'amour mais ne conduit pas à la révo-
lution sentimentale espérée. La langue de l'autre est
donc à maîtriser pour se comprendre soi-même à l'instar
de la citation latine p. 130 qui découvre aux Maghré-
bins leur passé glorieux.

Il est des « pré-langages » qui, à l'inverse, permettent,
sans pour autant passer par le discours, de réunir un
temps les êtres. La nourriture partagée soude les hommes
et révèle *a contrario* leurs disputes : Nagib dévore un bol
d'olives que ses parents refusent de partager, la mère
cesse de manger en famille et avale à la va-vite un sand-
wich tandis que le fils et le père se réconcilient dans la
cuisine en puisant avec joie dans le plat commun. La
mère remplace la nourriture par les livres qu'elle mange
et digère ; ils seront revendus par Nagib pour acheter
des graines de potiron enveloppées dans des feuilles de
papier journal elles-mêmes parcourues avec joie par le
cadet. De la même façon, le jeu et le tabac sont des
moyens d'être ensemble en communion silencieuse : ils
établissent un lien social primitif et permettent d'éva-
cuer l'angoisse de la séparation et du doute. On joue
souvent en trichant, on fume de plus en plus dans le
roman, pour ne pas affronter la déchirure inévitable.
Enfin, la danse et le rire sont les instruments les plus
puissants de l'échange intuitif avec l'autre : saisissant à
bras-le-corps son père, Nagib danse avec lui pour célé-
brer leurs fugaces retrouvailles. Plus encore, le rire « qui
dilue l'angoisse » réunit les êtres dans un éclat fulgu-
rant qui surpasse toute parole mais ne la remplace pas :
il suscite la fusion, parfois au détriment du débat. Il

colmate en les dissimulant les lignes de fracture et, en bonne échappatoire, évacue la réflexion. La mère y est d'ailleurs sensible quand Nagib refuse de discuter avec elle : « Tu sales trop. »

4. *Parler*

C'est donc véritablement la parole qui libère la jeune femme parce qu'elle lui permet de communiquer avec les autres, de s'informer et surtout d'apprivoiser le réel. Nommer les choses et les êtres, c'est leur ôter une part de mystère : aussi est-il important de connaître le prénom du père Noël ou de Vercingétorix pour faire sien un savoir encore trop lointain et jamais questionné. Grâce au téléphone, la mère de Chraïbi finira même par retrouver son nom : dans *Vu, lu, entendu*, on lit en effet une conversation où elle dit s'appeler Habiba, ce que confirme la dédicace de *La Civilisation, ma Mère !...*

La mère peut ensuite donner des ordres à son fils et prendre en main son destin. Mais, pour que la parole soit puissante, il faut encore qu'elle touche l'autre et qu'elle fasse sens : souvent les mots techniques isolent et n'évoquent rien. Comment trouver un langage qui émeuve, c'est-à-dire qui fasse bouger l'autre et le bouleverse ? La mère digère la langue étrangère comme elle l'a fait des objets. Au cinéma, elle résume l'intrigue en renouant avec la tradition populaire : son récit subjugue l'assemblée. Face au soldat, sa déclaration des droits des peuples multiplie les images concrètes et visuelles tandis que, face au père, elle utilise des paraboles pour les retourner contre lui (les mulots sont remplacés par un poulet). Parce que la parabole et la métaphore télescopent poétiquement deux réalités inattendues, Chraïbi les privilégie comme autant de ponts : la confrontation

du mari et de sa femme est relatée comme un match de boxe et la composition des vêtements dans la première partie s'apparente à une chorégraphie compliquée. Le langage est ce qui relie les êtres parfois indirectement : c'est au fils que le père parle de sa femme car il est incapable de lui exprimer frontalement ses sentiments.

Mais les mots peuvent mentir et l'apprentissage de la mère la conduit à interroger le langage lui-même et ses artifices : «Elle était capable de retourner les mots jusqu'aux entrailles comme des peaux de lapin.» Les deux dernières pages du roman sont étranges : une femme, qui n'a jamais cessé de chercher la vérité, se fait tromper par deux fois. Son fils monte ses bagages et reste finalement avec elle en lui faisant croire qu'il a tout prémédité, mais il finit par lui avouer qu'il n'a pas même son billet. Nagib a triché pour pouvoir suivre sa mère et il a probablement abandonné son père sans avoir rien convenu avec lui. Pourtant, le rire de la jeune femme semble complice et son bonheur apparent repose donc sur une fiction, sur un beau mensonge.

Pour aller plus loin...

François DESPLANQUES, «La mère dans tous ses états. Le cas Driss Chraïbi», *Imaginaires franco-phones*, Université de Nice, n° 22, 1995, p. 143-156.

Houaria KADRA-HADJADJI, *Contestation et révolte dans l'œuvre de Driss Chraïbi*, Publisud, 1986.

L'écrivain
à sa table de travail

Le fil rose : broder, écrire

1.

Comment Chraïbi écrit-il ?

Peu de témoignages existent sur la manière dont Chraïbi travaillait, mais ses œuvres mettent en scène ses doubles écrivains et donnent d'intéressantes indications même si elles ne sont pas absolument certaines.

1. *La perte comme moteur*

À la source de tout livre, Chraïbi place le doute :

> En commençant un livre, je fais toujours un bilan : où est-ce que j'en suis ? Je n'ai jamais voulu écrire des romans « romans » ou de la fiction. J'ai toujours souhaité amener le lecteur à réfléchir (interview pour *Tel Quel Magazine* en 2004 à propos de la parution de *L'Homme qui venait du passé*).

Pour la rédaction de *La Civilisation, ma Mère !...*, le bilan amène Chraïbi à revenir une fois encore sur la perte de son père et sur son exil volontaire en France. Il n'a pas écrit de roman depuis *Succession ouverte* en 1962 ; il vient de rencontrer Sheena, une Écossaise qui

deviendra sa femme et à qui il veut raconter le Maroc
disparu de son enfance. Au creux de tout livre, il y a
une mort, un manque, que l'écriture et l'imaginaire
s'efforcent de combler. Selon la critique Anne-Marie
Gans-Guinoune, la perte initiale serait la mort d'Hamid,
le jeune frère de Chraïbi : elle expliquerait sa révolte
contre le père et contre la tradition, et elle justifierait
l'écriture. Une interview donnée à son ami Kacem
Basfao confirme cette interprétation :

> Disons que cela a été un événement assez bouleversant
> de ma vie. Par la suite, cette mort se retrouve sous
> différentes formes : la mort d'un amour, la mort d'une
> idée, la mort d'une croyance, la mort d'un enthou-
> siasme, la mort d'une passion.

Les Boucs se fondent sur la mort de la France comme
terre de liberté, *La Civilisation, ma Mère !...* sur celle
d'une époque, *Une enquête au pays* sur la perte de la
culture berbère…

2. *Des lectures variées*

On n'écrit pas non plus à partir de rien : un écrivain
a d'abord été un lecteur. Si *La Civilisation, ma Mère !...*
puise ses origines, comme on le verra plus loin, dans les
livres que Chraïbi a écrits auparavant, c'est aussi dans
une bibliothèque hétéroclite qu'il faut aller jeter un
œil. Il y a tout d'abord et peut-être essentiellement des
refus : ne pas écrire comme les « orientalistes loukoums »
(Pierre Loti !) dont la mère jette les ouvrages dans le
couloir, ne pas non plus céder à la mélancolie des récits
d'enfance que la mère enterre avec ses poupées au
bord de la falaise, refuser enfin une littérature roman-
tique et légère qui conforte les préjugés sans donner

pour autant aux mots le poids de la vie. «J'ai parlé de vérité. Pour moi, elle est un droit. Un droit sauvage à la vie.» Les influences que l'écrivain reconnaît avoir subies se ressemblent en ce qu'elles exigent une participation de la part du lecteur. Victor Hugo, Émile Zola, Roger Martin du Gard comptent beaucoup pour l'écrivain, mais plus encore les auteurs de romans policiers qui plongent dans une réalité épaisse et populaire. William Faulkner et John Steinbeck l'attirent davantage parce qu'ils apportent «une aisance dans l'écriture, des techniques nouvelles, un horizon ouvert par et dans la littérature». Le lecteur est immergé dans l'intrigue, les personnages sont présentés en situation, l'oralité et la verve populaire ouvrent sur un espace littéraire nouveau et puissamment ramifié, brisant la chronologie linéaire et mêlant les points de vue, le passé et le présent.

Il y a enfin ce que Chraïbi appelle l'inspiration : dans *Le Monde à côté*, l'écrivain évoque ces instants bouleversants où surgissent des idées.

> Impétueuses, elles éclosent si vite et dans des directions si diverses que je ne sais comment les canaliser ou les retenir, ni même m'en souvenir à l'état brut.

Le roman n'apparaît pas déjà planifié avec son intrigue linéaire mais par bribes, par phrases ou par pages entières, par bons mots ou «dialogues jubilatoires» dont il faudra ensuite «extraire le sens». Chraïbi écrirait ainsi sans plan déterminé, ce que suggère le passage ironique de *L'Inspecteur Ali* où Fiona, la compagne du personnage principal du roman, écrivain de son état, prend le plan que son mari a dessiné pour organiser la maison lors de la venue des beaux-parents, pour le plan

de son futur roman. Chraïbi revendique son droit à la digression : «Je suis arabe. Permettez en conséquence que je traite le sujet en tant qu'Arabe sans plan, sans technique, gauche et touffu» (cité par Jacqueline Arnaud dans *Recherches sur la littérature maghrébine de langue française. Le cas Kateb Yacine*, L'Harmattan, 1982).

3. *De l'écriture comme broderie*

Propre au genre oral du conte, la digression est privilégiée comme dans le premier chapitre de *La Civilisation, ma Mère!...* qui perd le lecteur dans d'infinis détails déclinés autour de la fabrication des vêtements. De la pâte dentifrice à l'arrivée du mouton, de sa tonte à son sacrifice, du filage de la laine au tissage, du découpage du patron à son montage, du fil qui relie les morceaux à la seule nuit d'amour passée avec le père, le discours module, comme le fil à coudre, dessus-dessous, sans jamais se briser et pour finir enroulé autour d'un bouton dans une boîte à secrets ou dans les pages d'un livre. L'esprit de digression est un héritage de la mère, comme l'explique Chraïbi dans le tome I de ses Mémoires, *Lu, vu, entendu* : à chaque retour du lycée, la mère attend en effet son fils et lui raconte «des bribes de phrases» enchaînées les unes aux autres dans le temps et dans l'espace, «une sorte d'écheveau de laines diverses et de différentes couleurs, très compliqué, très emmêlé», dont elle maîtrise toujours le dessin. Jamais le fil ne se casse, reliant les sujets les plus improbables, unissant ce que le réel sépare. Tissage, bribes et lambeaux : les mêmes images reviennent chez Chraïbi pour éclairer simultanément la parole de la mère et le travail d'écriture de son fils qui, dans ses moments de doute, retrouve la paix intérieure en tricotant de grands pulls.

On peut ainsi lire les deux passages très proches de la fabrication du vêtement et du drapeau comme de possibles métaphores du travail de l'écrivain : sûre de son projet dont elle ne dit mot, la mère coupe de façon apparemment arbitraire le tissu en bribes inégales ou « séquences inattendues » pour se retrouver devant un parterre de morceaux déchiquetés. Elle fera de même avec la carte du monde, dont il ne restera que le pôle Sud. Puis commence le travail de reconstruction du puzzle : la machine à coudre Singer, conservée par le narrateur avec autant de soin qu'il garde sa vieille machine à écrire, entre en action et tisse le fil qui relie les pièces. L'encre vaut ici le fil rose : elle assemble les mots en paragraphes puis en récits comme par magie mais sans hasard. Car, comme la mère, Chraïbi sait où il va quand il écrit : la digression, comme la broderie, se greffe autour d'éléments symboliques et structurants.

4. *La clé de voûte*

> En fait, dans tous mes livres, vous trouverez un enfant, vous trouverez un homme à la fin de sa vie, et vous trouverez des éléments ou vous trouverez un animal. Mais dans tous mes livres vous trouverez un enfant (interview donnée à Eva Seidenfaden en 1972).

Des mouettes volent ensemble puis se séparent au moment où le cadet part vers la France, un cheval blanc adoré galope sur la plage, libre pour toujours, les mulots ont dévoré le blé pour grandir et prospérer, un poulet cuit ne peut renaître... les animaux sont bien présents dans *La Civilisation, ma Mère !...* et ils ont tous valeur de symboles, signifiant chacun à sa manière le processus irréversible de l'émancipation. La mort d'un homme, le père, n'a plus besoin d'être rêvée comme dans *Le*

Passé simple : dans *La Civilisation, ma Mère!...*, la figure de l'époux s'efface et reste sur la rive d'un monde qui sombre dans la léthargie. Le deuil est devenu celui de l'enfance. « La nuit tomba d'un noir fondamental sur nous tous — et ce fut la fin de mon passé. » Quant à l'enfant, il se décline à chaque page : sous les traits d'un cadet « loustic » qui part au moment où il commence à grandir et sous ceux d'une mère trop longtemps traitée en mineure, qui naît une seconde fois et suit avec avidité les pas de sa progéniture avant de quitter le nid.

Mais on pourrait sans doute allonger la liste des motifs récurrents qui jalonnent l'œuvre de Chraïbi et qui ont un rôle d'armature. La symbolique de la nourriture dans le roman, évoquée plus haut, peut être complétée par celle de l'eau : quand Nagib creuse la tombe des jouets de la mère et quand il atteint l'eau, la jeune femme l'arrête et commence ses adieux, comme si elle avait tiré la leçon du testament que le Seigneur avait laissé à son fils dans *Succession ouverte* : « Le puits, Driss. Creuse un puits et descends à la recherche de l'eau. La lumière n'est pas à la surface, elle est au fond, tout au fond. Pourtant, où que tu sois, et même dans le désert, tu trouveras toujours de l'eau. Il suffit de creuser. Creuse, Driss, creuse. » C'est aussi l'eau du ruisseau que la mère boit le jour de sa première sortie, comme pour être à jamais vivifiée. La métaphore de la « soif du savoir » est choisie pour décrire le besoin d'émerger des ténèbres intérieures. Mais c'est surtout l'image de la marée qui est la plus exploitée : vagues successives des souvenirs et des existences « ajoutant la vie à la vie », marée humaine de la foule qui fait tomber les grilles de la villa d'Anfa, vagues des émotions qui envahissent puis refluent sur le visage d'une femme qui découvre

l'électricité, marées de l'Histoire qui montent et descendent au gré des guerres et des indépendances. L'eau en mouvement jaillit, coule ou s'échoue sur le rivage : elle symbolise le processus vital primitif que personne ne peut endiguer et qu'incarne la mère par sa joie, sa spontanéité et sa ténacité.

2.

L'écriture circulaire

Chraïbi a toujours mis en avant l'extrême diversité de ses romans : à chacun une révolte, à chacun un style et un ton différents. Il a aussi insisté sur l'absence de liaison entre chaque récit : «C'est un changement total de registre d'un livre à l'autre», dit-il à Kacem Basfao. Cependant, pour différents qu'ils soient, les récits de chaque cycle (famille, exil, tribu) se font écho les uns aux autres et s'éclairent mutuellement. Comme la mère qui raconte le film qu'elle vient de voir en s'attardant sur les détails, en les creusant et en intervertissant les scènes au point de sidérer les spectateurs, Chraïbi réécrit ses propres romans, reprenant comme dans les films d'Hollywood les mêmes acteurs pour jouer des rôles différents, dans une intrigue qui progresse d'un épisode à l'autre.

1. « *La mère est plusieurs* »

La Civilisation, ma Mère !..., seul livre de Chraïbi intégralement consacré au personnage de la mère, devait à l'origine être suivi par un second récit, intitulé *Au-delà de toute expression*, qui aurait relaté en une journée la vie

et la mort de l'héroïne. Kacem Basfao affirme qu'en 1989 Chraïbi aurait brûlé le manuscrit après la mort de sa mère, faisant de *La Civilisation, ma Mère!...* un mausolée littéraire. Pourtant, les autres romans de l'écrivain mettent en scène des personnages de mères qui, sans pouvoir être assimilés à celui de *La Civilisation, ma Mère!...*, permettent de saisir son évolution. Ainsi les relations mari/épouse s'inversent complètement entre *Le Passé simple* et *La Civilisation, ma Mère!...* : entièrement aliénée par celui qu'on appelle le Seigneur, la mère du *Passé simple* suscite une pitié parfois teintée de dégoût, car il est difficile de ne pas la juger. Elle est une femme écrasée «aux cuisses cadenassées» et elle se répand en suppliques et misérables prières, rêvant d'une délivrance qu'elle finira par se donner en se suicidant. Driss Ferdi, le narrateur, est le principal témoin de son désespoir et son confident, mais il voudrait davantage : «Si tu recevais de moi l'affection et la compréhension, veux-tu me dire si une seule fois tu t'es demandé si moi aussi je n'étais pas un chien perdu?» Révolté, il rejette avec violence celle qui, parce qu'elle a perdu le plus jeune de ses fils, mort sous les coups de son père, s'est parée pour obtenir de son époux la dernière chance d'une maternité. Si, dans *Le Passé simple*, la mère a la force de mourir, dans *Succession ouverte* elle s'exprime plutôt sur sa condition sans pour autant la rejeter : «À son âge, l'émancipation, le sentiment d'une liberté souveraine ne signifieraient rien pour elle, sinon un déséquilibre.» Par habitude et par confort, la mère a fini par aimer sa prison, consciente que l'Histoire a accéléré son cours et qu'elle n'y a pas sa place. Le véritable retournement s'effectue dès lors dans *La Civilisation, ma Mère!...* quand la condition de la femme est à son tour remise en cause et qu'avec sérénité Chraïbi en

fait la clé du changement social. Le cycle des romans de la famille s'achève avec *La Civilisation, ma Mère !...* mais l'écrivain ne cessera ensuite d'affirmer que les femmes sont à l'origine de toute métamorphose de la société en multipliant les personnages de mères dans ses œuvres suivantes : ce sont les femmes «qui font les petits... et l'histoire.» Pour Driss Chraïbi, qui fut père plusieurs fois, la figure rhétorique de la répétition, déclinée de sa forme la plus simple (l'anaphore) à la plus complexe (la réécriture), n'est pas une redite mais un enrichissement.

2. *La mère « toujours recommencée »*

Chraïbi élabore une conception de la création littéraire fondée sur l'idée que la réécriture est source de renouvellement. *La Civilisation, ma Mère !...* fourmille de références aux autres romans qui l'ont précédé : Chraïbi pratique l'autocitation avec délices. Ainsi la repartie «ôte ton genou» avait-elle déjà été essayée dans *Le Passé simple* avant d'apparaître dans la scène du cinéma. De même, les deux boules de tendresse des yeux de la mère seront reprises pour décrire le père dans *La Mère du printemps*. Enfin, la parabole des mulots était déjà présente dans la bouche du Seigneur du *Passé simple*. Plus profondément, c'est la confrontation de ce dernier avec son fils qui est réécrite pour être inversée dans le chapitre 3 de la seconde partie de *La Civilisation, ma Mère !...* On y retrouve la descente par paliers des marches de l'escalier, le bol d'olives avalées, le même art du contrepoint (le match de boxe), la même injonction finale : «Tu as terminé ? Sors !» Mais, là où dans *Le Passé simple* le Seigneur écrase son fils et le jette dehors, *La Civilisation, ma Mère !...* évacue le conflit et

empêche la réponse cinglante du mari. Il n'y aura pas de malédiction même si, comme le fils, la mère quitte le Maroc. L'une des multiples clés du roman se trouve donc à l'extérieur du récit, enfermée dans un texte qui lui préexiste et qui, en retour, en est éclairé ; mais on rencontre également dans la composition même de *La Civilisation, ma Mère!...* des effets d'échos qui structurent finement l'œuvre.

3. *Une œuvre «spéculaire» (Stéphanie Delayre)*

S'il y a une évolution entre les deux parties du roman, celles-ci se répondent en écho, chaque étape de l'émancipation préparant l'autre : on a pu noter la similitude des scènes où la mère confectionne le vêtement et le drapeau, scènes qui sont aussi à rapprocher du passage où la carte du monde en guerre est fabriquée par Nagib sur les ordres de sa mère. La confrontation avec le père est de la même façon préparée par la discussion avec le soldat et la fugace rencontre avec de Gaulle. Par la suite, la perplexité du maître d'école face aux questions dérangeantes de la jeune femme renvoie à l'incompréhension du mari puis à la gêne des policiers, lointains frères du planton de la villa d'Anfa. Les mêmes phrases se retrouvent dans la bouche de Nagib (« Je ne la reconnaissais pas ») puis du père (« Je ne la reconnais pas ») ; d'autres ont des effets de ricochets, comme l'image du match de boxe ébauchée lors de la scène où la foule avance vers la villa puis développée dans le chapitre suivant. Le passage où la mère range ses secrets dans la cuisinière préfigure l'enterrement des mêmes dans la seconde partie. Suivant l'axe de symétrie qui sépare le roman en deux et que marque le changement de narrateur, les jeux de reflets manifestent tout à la fois les

évolutions de la mère et une sorte de logique : la répétition introduit une cohérence dans le récit et donne le sentiment d'une marche sûre et inéluctable. Ces échos permettent de mieux cerner le processus de toute création qui se nourrit de ce qui a déjà été écrit, pour le métamorphoser ou le renier. Mais ils renvoient aussi à la conception que Chraïbi se fait du passé comme terreau du présent et comme condition du renouvellement du futur : «Celui qui ne connaît pas son enfance est condamné à rester enfant.» Cet aphorisme est peut-être une esthétique : celui qui ignore ce qu'il a écrit est-il condamné à la stérilité ? Cela engage en tout cas le lecteur à la prudence et à la relecture.

4. *Un roman oral*

Dans *Le Monde à côté*, Chraïbi raconte qu'il a lu à Sheena de nombreux passages de *La Civilisation, ma Mère!...* qu'il était en train d'écrire. Or, elle lui dira avoir été surprise lorsqu'elle lut l'ouvrage une fois paru :

> Tu me l'as d'abord lu, chapitre après chapitre. Et puis tu l'as publié. J'en ai pris connaissance, visuellement. Ce n'est plus la même chose comprends-tu ? [...] Il y manque les voix... les voix orales des personnages... Il y manque les silences, les échos.

Les marques d'oralité et l'attention portée aux effets sonores sont pourtant capitales dans le roman : les personnages sont souvent caractérisés par leur voix (contralto voilé, voix d'airain) tandis que la perception du monde s'effectue prioritairement par les sens. *La Civilisation, ma Mère!...* est un texte dominé par l'oralité parce que la libération de la mère se fait avant tout par l'échange, le dialogue et la conquête de la parole.

Chraïbi emprunte ainsi à la tradition du conte sa syntaxe hachée, ses phrases nominales, ses répétitions incantatoires, son goût pour les déictiques qui désignent les faits («voici») plutôt que de les décrire. Avec toutefois moins de liberté que dans *Une enquête au pays* et les autres romans «de la tribu», il joue sur les accents (dans la scène avec le soldat) et sur les périphrases propres à la culture arabe («ajouter sa figue au chapelet de figues»). Dans son ouvrage *L'Œuvre de Driss Chraïbi. Réception critique des littératures maghrébines au Maroc,* Lahcen Benchama montre cependant que *La Civilisation, ma Mère!...* use d'une langue française où la langue maternelle exerce relativement peu d'influence : quasi-absence de toponymes ou de mots du terroir dénotant une identité arabe, une seule référence explicite au Coran… le besoin de retrouver ses racines ne se manifeste pas encore dans les emprunts linguistiques mais davantage dans de rares déformations comme Monsieur Kteu et des graphies singulières (italiques et guillemets) qui suggèrent la mise en relief orale de certains mots importants pour le locuteur.

5. *Dernier avatar : l'adaptation radiophonique*

Roman oral plus que musical, *La Civilisation, ma Mère!...* résonne du rire communicatif des fils et de la mère, de leurs danses improvisées et des chansons pastichées de la foule. Il doit sans doute beaucoup à l'expérience radiophonique de l'écrivain, qui travaillera trente ans pour l'ORTF et France Culture. Chraïbi adapta de nombreux textes pour la série « Théâtre noir » et réalisa quelques émissions, notamment sur la musique arabe. Il a également très vite adapté *La Civilisation, ma Mère!...* à la radio et les très minimes modifications effectuées

entre le texte original et la version de France Culture révèlent ce que la scène de la villa d'Anfa suggérait dans sa typographie même : la théâtralité de l'écriture de Chraïbi. Les commentaires du narrateur se changent aisément en didascalies ou en discrets monologues. Le dialogue entre les personnages, rédigé à la manière d'une scène de théâtre, distribue la parole en modulant les différentes nuances du comique (situation, geste, mots pris au pied de la lettre). Nombre de notations descriptives du roman se muent en décors sonores qui jouent sur la musique, les fondus enchaînés ou les superpositions de voix. Avec une fidélité remarquable, tout le roman se transforme en dialogues vivants entre les trois personnages principaux. Le père y disparaît quasiment et ses discours se perdent dans le flou sonore des fins de scène.

La composition circulaire du roman est simplifiée en dix émissions précédées d'une introduction insistant sur la symbolique politique de la trajectoire de la mère. Le prologue fusionne avec le dernier chapitre de la première partie et bascule à la fin de la neuvième émission, consacrée à l'éveil de la personnalité de la mère. L'ultime épisode est constitué par la rencontre avec de Gaulle et il s'achève sur la remarque concernant la ressemblance entre le grand homme et le père. Peu d'éléments sont en réalité modifiés ou ajoutés : la confrontation avec le mari n'a pas lieu, de même que le départ vers la France est éliminé, ces deux scènes étant probablement les plus invraisemblables du roman. Quant aux ajouts, ils sont sans pitié pour les hommes et ils creusent, plus que le roman, le fossé qui sépare les femmes de leurs maris : « Oui, bien entendu, ça m'arrive parfois de téléphoner aux hommes, mais ils parlent un autre langage que moi… », constate la mère tandis

que Nagib laisse échapper son envie de tuer son géniteur quand il enrage de voir sa mère attachée à sa maison comme une vache à l'étable.

Par un habile contrepoint, Chraïbi réalise à la radio le tissage de la musique qu'il a choisie avec soin pour signifier les rêves de liberté de la mère, le rire communicatif qui brise toutes les barrières, les voix de la foule, du monde et des fils, sans doute plus individualisées que dans le roman. Entre celui-ci et l'adaptation radiophonique, la mère a conquis sa voix et son statut de sujet contre un père presque muet et entouré d'un silence qui vaut tous les parricides.

Pour aller plus loin…

Kacem BASFAO, *Trajets. Structures du texte et du récit dans l'œuvre romanesque de Driss Chraïbi*, Aix-en-Provence, 1988.

Lahcen BENCHAMA, *L'Œuvre de Driss Chraïbi. Réception critique des littératures maghrébines au Maroc*, L'Harmattan, 1994.

Jeanne FOUET, *Driss Chraïbi en marges*, L'Harmattan, 1999.

L'adaptation radiophonique de *La Civilisation, ma Mère !*… peut être consultée sous la forme de tapuscrits : SR 746, 747 et 747 bis, émissions des 21/12/1971 et 11/01/1971 réalisées par Arlette Dave.

Il peut être également intéressant de comparer le chapitre où la mère découvre le cinéma avec le récit sur le même thème que propose l'humoriste Fellag dans *Le Dernier Chameau*.

Groupement de textes

Écrire (à) la mère

LA RELATION ENTRE L'HÉROÏNE de *La Civilisation,
ma Mère!...* et ses fils est intense : l'amour que les deux
enfants vouent à la créatrice de leurs jours justifie tout,
y compris la brûlure de la libération. Le couple qu'ils
forment n'est pas sans ambiguïté : la figure du père
s'efface insensiblement pour permettre la communion
de la mère et de sa progéniture et peut-être une nouvelle
mise sous tutelle. *La Civilisation, ma Mère!...* dessinerait
en filigrane le double fantasme, qui serait propre au
roman maghrébin selon Anne-Marie Gans-Guinoune,
du parricide et de l'inceste.

Il s'agirait là d'une relecture, néanmoins discutable,
du complexe d'Œdipe théorisé par Sigmund Freud
dans *Totem et tabou,* paru en 1913. D'après la légende
antique, l'oracle aurait prédit aux parents d'Œdipe que
leur enfant tuerait son père et épouserait sa mère.
Malgré l'abandon du bébé, la prédiction se réalise et,
en apprenant la vérité, le parricide incestueux se crève
les yeux et part sur les routes, guidé par sa fille Anti-
gone. Le psychanalyste viennois estime que ce complexe
(ou sa variante, le complexe d'Électre pour les petites
filles) touche tous les enfants, mais il semble surtout

concerner les cultures judéo-chrétiennes et il reste à savoir s'il peut s'adapter au monde musulman.

Pour Freud, il appartient au père de poser un interdit sans appel (la menace de la castration) autour de la mère et de diriger le désir de l'enfant vers la société, hors du giron familial. Or, au Maghreb, sous le double effet de la claustration des femmes, interdites au regard des hommes, et de la colonisation, qui barre toute mobilité sociale, se produit un resserrement spatial et familial. D'une part, les mères sont, avec les sœurs et les cousines, les seules femmes que l'enfant peut regarder et qu'il désire par conséquent, d'autre part, enfermées et souvent ignorées par leurs époux, elles reportent leur affection et leur peur de la solitude sur des fils qu'elles infantilisent le plus longtemps possible. Assia Djebar explique ainsi dans *Femmes d'Alger dans leur appartement* que, « doublement emprisonnée dans cette immense prison, la femme n'a plus droit qu'à un espace se restreignant comme peau de chagrin. Seule la relation mère-fils se renforça davantage jusqu'à bloquer toutes les autres circulations ». C'est donc en libérant la mère que l'enfermement du couple qu'elle forme avec son enfant se brisera, et avec lui toute une société pétrifiée.

Mais si le roman maghrébin d'expression française se fait l'écho singulier de la relation œdipienne où le fils tente de remplacer le père en espérant obtenir le pouvoir, il n'est pas le seul à offrir une image ambiguë du lien qui unit l'enfant à sa mère. On pourrait croire que la plupart des ouvrages qui évoquent cette relation consacrent le récit d'une complicité tendre et affectueuse, joyeuse et sensible comme on peut la trouver notamment retranscrite chez Albert Cohen (*Le Livre de ma mère*) ou chez Colette. Pourtant, la relation se

trouble, mélancolique ou amère, comme marquée par
l'interdit, le manque ou plus simplement par la mort.
Le bonheur fut possible, mais il ne l'est plus, sans doute
parce que avec l'éloignement de l'enfance, le lien avec
la mère se modifie ou se casse. Et si ce n'est pas la mère
qui change, c'est l'enfant qui cesse de l'être. Or, ce
n'est pas un enfant qui écrit mais un homme ou une
femme qui a grandi, un être qui, comme l'affirme
Chraïbi, a perdu quelque chose, s'interroge et tente de
renouer le fil de ce qui a été rompu. On s'intéressera ici
davantage à la manière dont la littérature a pu décrire
le personnage de la mère et dessiner la relation plurielle
mais universelle qu'elle entretient avec son enfant :
ou comment l'interdit œdipien fait d'orphelins des
écrivains.

1.

La mère interdite ou
comment l'amour se meut en haine

Désirée, la mère est déclarée intouchable par le père
selon le mythe d'Œdipe, interprété par Freud. Il
faut donc faire taire le désir, le transférer ou le méta-
morphoser. Si l'on ne peut aimer, du moins peut-on
haïr, ce qui n'est peut-être pas si différent. La relation
reste passionnelle et souvent violente.

Ainsi *La Civilisation, ma Mère !...* semble une déclara-
tion d'amour sereine et joyeuse, même si l'on a bien vu
qu'elle est ambivalente, mais Chraïbi évoque dans ses
autres romans des liens autrement plus complexes et
brutaux qui nourrissent la révolte contre le père. Dans
Le Passé simple, la passion unilatérale vouée à la mère ne

peut s'avouer clairement et elle se mue parfois en haine. Conscient d'être englué dans les rets du monde maternel, Driss Ferdi espère s'en libérer en jugeant non sans mépris une femme qui ne cesse pas pour autant de le troubler. On retrouve des rapports comparables dans *Hamlet* de William Shakespeare, où le jeune prince déteste, sans parvenir à la rejeter tout à fait, sa mère pour avoir fait rapidement le deuil de son mari et s'être consolée dans les bras d'un beau-père assassin.

Driss CHRAÏBI (1926-2007)

Le Passé simple (1954)

(Denoël, repris en « Folio » n° 1728)

Le jeune frère de Driss Ferdi vient de mourir, battu par le Seigneur. Et tandis qu'un chaton agonise lapidé au pied de l'escalier, le narrateur voit sa mère parée d'une ceinture polychrome.

— Je te jugeais faible et malhabile, dis-je. Mangeant, buvant, dormant, excrétant, coïtant. Respectivement les menus établis par le Seigneur, le thé du Seigneur, cinq heures par jour, deux fois par jour et selon la volonté du Seigneur. Dans l'intervalle, tu cuisines, nettoies, balaies, lessives, couds, reprises, raccommodes, tricotes, fais le pain, tues les souris et les blattes, mouds le blé, le tamises, tiens la « comptabilité mentale », brodes des mouchoirs, tapes sur un tambourin et danses pieds nus, chasses les mouches. Cela, je l'admets. Ce que je ne comprends pas, c'est cet obi. Pourquoi cet obi ? Ce n'est pas un jour de fête, que je sache. Et ces lèvres peintes au jus de coquelicot ? et ces paupières koholées ? et ce fard et ces ongles et ce bordel ? qu'est-ce que c'est ? Veux-tu me dire pourquoi tu sanglotes ?

Elle me prit la main qu'elle porta à sa bouche. Elle y

imprima, sous forme de baiser, une telle détresse que
je me cabrai.

— Driss mon fils…

— Driss ton fils t'a posé une question. À laquelle il
faut répondre.

Elle le fit spontanément. Si spontanément que j'eus
l'impression que c'était intentionnel ; propre à rendre
sa réponse inintelligible. Ce qui créerait une confu-
sion dans mon esprit et m'obligerait à la faire répéter,
mais d'ici ou là ou bien la résonance se serait établie,
ou bien je me serais un tant soit peu accoutumé.

— C'était mon tout-petit, répéta-t-elle… maintenant
je voudrais le remplacer.

Ces mots. Et, comme pour les souligner, le miaule-
ment. Qui jaillit lugubre et s'échelonna sur un leit-
motiv de trois notes — brève, longue, brève ; avec
entre deux notes, un petit silence mesquin.

Moi, continuant de me balancer, je souriais. D'un
sourire dont mes rictus étaient endoloris. Tandis que
le chat miaulait, que ma mère frissonnait et que
dehors, sous les nappes de soleil, bêtes et gens étaient
inertes, je cherchais quels termes lapidaires et de quel
ton cruel les jeter à celle qui me tenait la main.

Je criai :

— Coffre à grossesses !

Charles BAUDELAIRE (1821-1867)

« Bénédiction »

Les Fleurs du mal (1857)

(« Folioplus classiques » n° 17)

*L'envers symétrique de la haine du fils pour celle qu'il
craint de trop aimer est la culpabilité obscure que les mères
font en retour peser sur leur progéniture. Qu'elle soit castra-
trice ou simplement gênée d'éprouver des sentiments confus à
l'égard de son enfant (voir* Le Bébé *de Marie Darrieussecq),*

la mère développe des stratégies d'éloignement qui peuvent aboutir à la détestation, voire au meurtre. Médée sacrifie ses fils à sa passion dévorante pour Jason, tandis que plus récemment, dans Un secret, *Philippe Grimbert raconte comment une mère décide de ne pas sauver son enfant de la rafle qui va les emporter tous les deux en camp de concentration, par peur et désespoir de ne plus être aimée du père. Chez Baudelaire, la malédiction de la mère, qui, à son grand désespoir, a donné vie à un poète, repousse de façon moins tragique mais tout aussi douloureuse l'enfant dans la solitude du génie. Cependant, comme chez François Mauriac (*Le Sagouin*) et chez Hervé Bazin (*Vipère au poing*), la hargne de la mère met du temps à épuiser la demande d'amour du fils, qui s'acharne à revenir aux pieds de son bourreau.*

Lorsque, par un décret des puissances suprêmes,
Le Poëte apparaît en ce monde ennuyé,
Sa mère épouvantée et pleine de blasphèmes
Crispe ses poings vers Dieu, qui la prend en pitié :

— «Ah ! que n'ai-je mis bas tout un nœud de vipères,
Plutôt que de nourrir cette dérision !
Maudite soit la nuit aux plaisirs éphémères
Où mon ventre a conçu mon expiation !

Puisque tu m'as choisie entre toutes les femmes
Pour être le dégoût de mon triste mari,
Et que je ne puis pas rejeter dans les flammes,
Comme un billet d'amour, ce monstre rabougri,

Je ferai rejaillir ta haine qui m'accable
Sur l'instrument maudit de tes méchancetés ;
Et je tordrai si bien cet arbre misérable,
Qu'il ne pourra pousser ses boutons empestés ! » […]

2.

Perdre la mère : de l'exil à la mort

L'enfant finit par comprendre : il lui faut tenter de grandir seul, se détacher, apprendre à vivre avec les autres, en désirer d'autres. Pourtant, bien souvent, les femmes aimées en littérature sont explicitement des leurres ou des substituts plus ou moins évidents de la mère perdue. Dans *Le Livre de ma mère*, Albert Cohen se reprochera ainsi longtemps d'avoir oublié sur un banc sa vieille mère à qui il avait donné rendez-vous parce qu'il lui avait préféré injustement de belles jeunes femmes. «Amour de ma mère à nul autre pareil. »

Mais tout retour en arrière est impossible, soit parce qu'il est trop tard (l'enfance est morte), soit parce que la séparation est irrémédiable (la mère est morte). Ainsi l'échange de lettres apparaît fréquemment comme une revanche illusoire sur l'espace et sur le temps : il ne fait que rappeler, en une longue litanie, le regret des fusions perdues. Les lettres de Mme de Sévigné ne lui ramènent pas sa fille et Saint-Exupéry ne cessera jamais d'écrire à celle qui incarne le rêve brisé de son enfance.

Antoine de SAINT-EXUPÉRY (1900-1944)

« Ma petite maman »

in « Ma Chère Maman… » de Baudelaire
à Saint-Exupéry, des lettres d'écrivains (2001)

(« Folio 2 € », n° 3701)

L'écriture et l'échange de lettres sont finalement une maigre revanche sur le temps et les fusions perdues : Camus multiplie les personnages de mères dans ses romans, jusqu'à faire mourir celle du personnage principal au début de L'Étranger *alors que la sienne lui survivra. « Pleurer sa mère, c'est pleurer son enfance », écrit Albert Cohen.*

Buenos Aires, 1930
Ma petite maman,
Je suis bien désolé de vous avoir fait de la peine. Pourtant j'en ai aussi. Voyez-vous je m'étais un peu habitué à me considérer comme une protection pour vous tous. […] J'ai été un peu désillusionné sur mon importance dans la famille, ça n'a rien à voir avec ma tendresse.
Elle est bien grande et me coûte bien des mélancolies et je ne puis penser à mon coin de terre sans une grande faim d'être là-bas. Et sans serrer les poings parmi toutes ces foules en pensant à l'odeur des tilleuls de Saint-Maurice, à l'odeur des armoires, à votre voix, aux lampes à huile d'Agay. […]
Dites-vous bien que tous les actes sont définitifs. Laissez les nuages d'agrément ou d'expérience aux milliardaires. Quand on part pour l'Indochine c'est pour y rester, même si l'on y crève de désespoir. Et ça ne se répare pas au gré de vacances, un jour, en France. Les vacances finies, on repart toujours : c'est la pire des maladies que vous lui donnez. Et l'on ne repart pas vers quelque douceur que l'on regrette mais vers l'attrait puissant d'heures souvent très amères. C'est

la vie qui prend cette pente-là. On s'en va tout naturellement.

[...] Je vous embrasse, maman. Dites-vous bien que de toutes les tendresses la vôtre est la plus précieuse et que l'on revient dans vos bras aux minutes lourdes. Et que l'on a besoin de vous, comme un petit enfant, souvent. Et que vous êtes un grand réservoir de paix et que votre image rassure, autant que lorsque vous donniez du lait à vos tout-petits.

Je pense à mon coffre de Saint-Maurice, à mes tilleuls. Et je raconte à tous mes amis nos jeux d'enfance, le chevalier Aklin des jours de pluie, ou la sorcière, ce conte de fées perdu.

Et c'est un drôle d'exil d'être exilé de son enfance.

Je vous embrasse encore.

Antoine

Jean-Marie Gustave LE CLÉZIO (né en 1940)
Étoile errante (1994)

(« Folio » n° 2592)

Puis l'enfant finit par assister, impuissant, à l'agonie de celle qu'il aime avec le sentiment terrible de culpabilité de celui qui reste. Et là, qu'on soit fils ou fille, d'Occident ou du Maghreb, le déchirement semble universel. L'abandon est parfois explicite comme dans La Balade de Narayama *de Shichirô Fukazawa où, selon une ancienne coutume, les fils portent leurs vieilles mères désormais « inutiles » à la communauté en haut d'une montagne pour les laisser s'y éteindre. Cédant à regret à la tradition, le héros peine à laisser mourir sa génitrice et revient sur ses pas pour partager avec elle la dernière joie d'une neige commençant à tomber. Puis il se décide à partir enfin. La séparation peut être plus intériorisée, comme dans* Étoile errante *de J.M.G. Le Clézio, où Esther assiste à l'agonie de sa mère. Que faire ensuite de cette étrange liberté d'être orphelin ou d'être délivré ?*

Élizabeth était si faible que ses yeux ne pouvaient plus me voir. Je lui parlais, longtemps, tout près de son oreille, sentant contre mes lèvres les mèches de ses cheveux gris. J'essayais de dire les mots qu'elle aimait, ces noms, Naples, Florence, Amantea, parce que c'étaient ces mots qui pouvaient encore entrer en elle et se mêler à son sang, à son souffle. Les infirmières avaient essayé de m'éloigner, mais je restais accrochée aux barreaux du lit, la tête appuyée contre le même oreiller, j'attendais, je respirais, je vivais. L'eau coulait dans ses veines, par le tube, goutte après goutte, et mes mots étaient comme ces gouttes, ils venaient l'un après l'autre, imperceptibles, très bas, très lents, le soleil, la mer, les rochers noirs, le vol des oiseaux, Amantea, Amantea... Les médicaments, les piqûres, les soins brutaux, terribles, et la main d'Élizabeth qui tout à coup se crispait dans la mienne, avec la force de la souffrance. Les mots, à nouveau, encore, pour gagner du temps, pour rester encore un peu, pour ne pas partir. Le soleil, les fruits, le vin pétillant dans les verres, la silhouette effilée des tartanes, la ville d'Amantea qui s'endort dans la chaleur d'un après-midi, la fraîcheur des draps sous la peau nue, l'ombre bleue des volets fermés. J'avais connu cela moi aussi, j'étais là, avec mon père, avec ma mère, j'étais dans cette ombre, dans cette fraîcheur, dans la pulpe des fruits. La guerre n'était jamais arrivée, rien n'avait jamais troublé l'immensité de la mer si lisse.

Élizabeth est morte pendant la nuit. Quand je suis entrée dans la chambre, j'ai vu son corps allongé sur la civière, enveloppé dans le drap, son visage très blanc, très maigre, avec ce sourire apaisé qui n'avait pas l'air réel. La souffrance s'était éteinte avec la vie dans ses viscères. Je l'ai regardée un moment, puis je suis partie. Je ne sentais plus rien. J'ai rempli les papiers qu'il fallait, et un taxi m'a menée jusqu'au centre de crémation, pour le rituel sinistre. Le four chauffé à huit cents degrés a transformé en quelques minutes celle qui avait été ma mère en un tas de cendres. Puis,

en échange de l'argent, on m'a donné un cylindre de
fer avec son couvercle vissé, que j'ai mis dans mon sac
en bandoulière. Il y avait des années que j'étais dans
cette ville, il me semblait que jamais plus je ne pour-
rais en repartir.

3.

Écrire pour retrouver la mère
ou pour mesurer la perte ?

L'alternative à la possession fantasmée de la mère, à
sa disparition définitive ou à ses retours terrifiants
dans les cauchemars (Albert Cohen raconte ainsi qu'il
est hanté par sa mère dans son sommeil) est, suggère
Freud, la sublimation. L'œuvre d'art permettrait de
détourner et de métamorphoser les désirs interdits ou
d'apaiser les mauvais rêves ; on peut faire revivre ce qui
est mort dans un roman ou une autobiographie, on
peut changer l'histoire, la réécrire, l'embellir, l'adoucir.
C'est ce que fait Chraïbi avec le personnage de son père
puis de sa mère en tissant une trame complexe d'héri-
tages, de reprises et de métamorphoses. Plus le deuil est
apaisé, plus la fiction reprend peut-être ses droits et
se joue du réel. En devenant écrivain, l'enfant peut
conquérir sans risque une mère qu'il idéalise jusqu'à
l'évanescence mystérieuse (Marcel Proust dans la *Recherche
du temps perdu* ou Jean-Paul Sartre dans *Les Mots*) ou
qu'il déchire avec véhémence (Rachid Boudjedra dans
La Répudiation) — qu'il manipule en tout cas à sa guise
comme tout démiurge sa créature.

Orhan PAMUK (né en 1952)

Mon nom est rouge (2001)

(trad. Gilles Authier, « Folio » n° 3840)

Dans Mon nom est rouge *d'Orhan Pamuk, le person-
nage fascinant de Shékuré est la mère ottomane de deux
jeunes garçons dont le plus jeune, férocement jaloux de
l'amoureux de sa mère (Le Noir), sera chargé à la toute
dernière page du roman d'écrire leur histoire. Alors, l'enfant
et le romancier ne semblent plus faire qu'un puisqu'ils ont en
partage le même prénom ; et la femme, belle et capricieuse,
dominant l'intrigue qui se déroule à la Renaissance, gagne
soudain l'épaisseur mystérieuse que lui confère une possible
clé autobiographique. Construit à partir de multiples points
de vue, le roman s'achève sur la voix d'une mère qui intronise
son propre enfant comme maître absolu du jeu narratif et,
donc, comme son propre géniteur. C'est ici le fils-romancier
qui donne finalement naissance à sa mère.*

Mon fils Orhan, qui n'est pas très fin dans le genre
raisonneur, m'explique depuis des années que d'une
part les maîtres éternels de Hérat ne pourraient pas
me peindre comme je suis, et que d'autre part les
peintres d'Europe, qui ne cessent de peindre des
enfants avec leur mère, sont incapables d'arrêter le
temps ; et que donc mon bonheur ne pourra jamais
être mis en peinture.

Il a peut-être raison. Les gens aspirent au bonheur
dans la vie, plutôt qu'à des sourires béats sur de belles
images. Les peintres ne l'ignorent pas, et savent que
c'est là leur limite. Qu'ils ne font que mettre à la place
du bonheur dans la vie celui de la contemplation.

Dans l'espoir que, peut-être, il puisse mettre par écrit
cette histoire impossible à mettre en images, je l'ai
racontée à Orhan. Je lui ai confié, sans hésitation, les
lettres reçues de Hassan et de Le Noir, ainsi que la
feuille trouvée sur le corps du pauvre Monsieur Déli-
cat, avec les croquis des chevaux, bien que l'encre en

soit barbouillée. Avec son tempérament emporté, sa mélancolie et son sale caractère, il n'a pas peur d'être injuste, surtout avec ceux qu'il n'aime pas. Il ne faudra donc pas vous fier à lui s'il peint Le Noir plus distrait que nature, Shevket plus vilain, notre vie plus pénible qu'elle n'est, et moi plus belle et effrontée que je ne suis en vrai. Car Orhan ne recule, pour enjoliver ses histoires, et les rendre plus convaincantes, devant aucun mensonge.

<div style="text-align:center">

Georges PEREC (1936-1982)

W ou le Souvenir d'enfance (1975)

(Denoël, repris dans « L'imaginaire » n° 293)

</div>

Si la vie est un exil et que les mères sont des refuges, les enfants devenus écrivains espèrent confusément, mais sans trop d'illusions, qu'en les faisant devenir personnages de romans ils exorciseront la fuite du temps et la perte. Écrire la mère ou son absence, c'est trouver enfin sa raison d'être en ce monde, son identité, une logique dans son existence, des racines et un horizon. L'écriture organise alors le chaos d'une vie en situant son origine dans la fiction comme ces peintures dont les perspectives ont leur point de fuite en dehors du tableau. L'acte d'écrire peut se faire thérapie : ce que l'on n'a pas dit peut être écrit, ce qui n'a pas été vécu, fonder une existence. Perec ne se souvient plus de sa mère qui a été envoyée en camp de concentration quand il avait six ans. Le dernier souvenir qui lui reste est celui du quai de la gare de Lyon, où sa mère le confie à un convoi de la Croix-Rouge. Survivant, il a grandi autour d'un vide immense, des photos qu'il ne reconnaissait pas, des souvenirs qui n'étaient pas les siens. W ou le Souvenir d'enfance est la reconquête par l'écriture de ce néant dont il est le fruit. Si l'on ne peut écrire ce que fut sa mère, du moins peut-on écrire son absence et décrire ce que ce vide a construit.

Le narrateur reprend sans les modifier en 1975 deux textes

écrits quinze ans plus tôt et faisant le point sur ce qu'il sait de
son père et de sa mère. Il les commente.

Je dispose d'autres renseignements concernant mes
parents ; je sais qu'ils ne me seront d'aucun secours
pour dire ce que je voudrais en dire.

Quinze ans après la rédaction de ces deux textes, il me
semble toujours que je ne pourrais que les répéter :
quelle que soit la précision des détails vrais ou faux
que je pourrais y ajouter, l'ironie, l'émotion, la séche-
resse ou la passion dont je pourrais les enrober, les
fantasmes auxquels je pourrais donner libre cours, les
fabulations que je pourrais développer, quels que
soient, aussi, les progrès que j'ai pu faire depuis quinze
ans dans l'exercice de l'écriture, il me semble que je
ne parviendrai qu'à un ressassement sans issue. Un
texte sur mon père, écrit en 1970, et plutôt pire que le
premier, m'en persuade assez pour me décourager de
recommencer aujourd'hui.

Ce n'est pas, comme je l'ai longtemps avancé, l'effet
d'une alternative sans fin entre la sincérité d'une
parole à trouver et l'artifice d'une écriture exclusive-
ment préoccupée de dresser des remparts ; c'est lié
à la chose écrite elle-même, au projet de l'écriture
comme au projet du souvenir.

Je ne sais pas si je n'ai rien à dire, je sais que je ne dis
rien ; je ne sais pas si ce que j'aurais à dire n'est pas dit
parce qu'il est indicible (l'indicible n'est pas tapi dans
l'écriture, il est ce qui l'a bien avant déclenchée) ; je
sais que ce que je dis est blanc, est neutre, est signe
une fois pour toutes d'un anéantissement une fois
pour toutes.

C'est cela que je dis, c'est cela que j'écris et c'est cela
seulement qui se trouve dans les mots que je trace, et
dans les lignes que ces mots dessinent, et dans les
blancs que laisse apparaître l'intervalle entre ces lignes :
j'aurai beau traquer mes lapsus (par exemple, j'avais
écrit « j'ai commis », au lieu de « j'ai fait », à propos des
fautes de transcription dans le nom de ma mère), ou
rêvasser pendant deux heures sur la longueur de la

capote de mon papa, ou chercher dans mes phrases, pour évidemment les trouver aussitôt, les résonances mignonnes de l'Œdipe ou de la castration, je ne retrouverai jamais, dans mon ressassement même, que l'ultime reflet d'une parole absente à l'écriture, le scandale de leur silence et de mon silence : je n'écris pas pour dire que je ne dirai rien, je n'écris pas pour dire que je n'ai rien à dire. J'écris : j'écris parce que nous avons vécu ensemble, parce que j'ai été un parmi eux, ombre au milieu de leurs ombres, corps près de leur corps ; j'écris parce qu'ils ont laissé en moi leur marque indélébile et que la trace en est l'écriture : leur souvenir est mort à l'écriture ; l'écriture est le souvenir de leur mort et l'affirmation de ma vie.

Même si les pouvoirs de l'écriture semblent être immenses, la succession reste toujours ouverte et le mausolée du livre ne délivre jamais tout à fait du cimetière. Ainsi dans *L'Odyssée* d'Homère, Ulysse a l'insigne honneur d'accéder aux Enfers et d'y voir sa mère défunte pour lui parler mais il ne peut en aucun cas la toucher. « Oui, les mots, ma patrie, les mots, ça console et ça venge. Mais ils ne me rendront pas ma mère », écrit Albert Cohen au cœur du livre qu'il lui consacre. À travers l'image de la mère, l'écrivain vise « un désir demeuré désir » (René Char), celui, absolu, entraperçu dans l'enfance et qu'il rêve de reconquérir. Éternels orphelins de la vie, les écrivains ont donc de beaux livres devant eux.

Chronologie

Driss Chraïbi et son temps

IL N'EST GUÈRE aisé de démêler le vrai du faux entre les multiples doubles littéraires de Driss Chraïbi : Driss Ferdi, inspecteur Ali, Brahim O'Rourke… si bien qu'on se demande si, malicieusement, l'écrivain ne continue pas à se jouer de son lecteur quand il écrit ses Mémoires dans *Lu, vu, entendu* (1998) puis dans *Le Monde à côté* (2001). Prudence donc, et même s'il est quelques certitudes sur la vie de Chraïbi, les écrire c'est déjà prendre la tangente de la fiction.

1.

« On peut renoncer à tout sauf à l'enfance »

Driss Chraïbi est peut-être né le 15 juillet 1926 à El-Jadida (Mazagan), près de l'Atlantique, dans le protectorat du Maroc. C'est en tout cas ce que déclare son père, Haj Fatmi Chraïbi, à l'officier d'état civil qui va établir la carte d'identité nécessaire à l'inscription de son fils au lycée Lyautey de Casablanca.

Le personnage de Haj Fatmi Chraïbi est sans doute moins cruel et tyrannique que le Seigneur qui terrorise

sa famille dans *Le Passé simple* : orphelin à quinze ans, il a élevé ses frères et sœurs. Après avoir exercé plusieurs métiers, il fera fortune dans le commerce du thé. Il a épousé à trente ans Habiba Zwitten, analphabète et beaucoup plus jeune que lui. Il lui assurera protection sans jamais songer à l'émanciper.

Chraïbi suit des cours pendant trois ans dans une école coranique, dont il ne garde que des mauvais souvenirs. À six ans, on l'inscrit dans une école privée à Rabat, l'institut Guessous. Sa famille déménage ensuite pour Casablanca lorsqu'il entre au lycée. La maison est blanche, située à l'angle de la rue d'Angora et de la rue Aït-Yafelman ; l'écrivain s'en souviendra quand il retracera la vie de la tribu berbère du même nom dans *Une enquête au pays* (1981), *La Mère du printemps* (1982) et *Naissance à l'aube* (1986).

L'enfant grandit entre deux cultures, deux langues et deux espaces. La culture européenne, et plus particulièrement française, lui est enseignée à l'école et Chraïbi vit par procuration dans un univers que dominent Jean de La Fontaine, Victor Hugo, Ernest Renan et Eugène Sue, ainsi que les philosophes des Lumières, fondateurs des droits de l'homme. À la découverte des grands de la pensée européenne s'ajoutent la joie de lire en cachette les récits d'aventures de Paul Féval (célèbre feuilletoniste du XIXᵉ siècle), les romans policiers de la collection du Masque et de Maurice Leblanc, les rêves de la littérature romantique et les hivers enneigés d'Erckmann-Chatrian (pseudonyme d'un duo d'écrivains français du XIXᵉ siècle). Driss Chraïbi écrit des poèmes et s'abreuve au Littré tout en s'émancipant au contact de R. Roche, un juge itinérant de soixante ans, libre-penseur. La famille traverse la Seconde Guerre mondiale : à l'école, on germanise Driss en Dritz, jus-

qu'à ce que de Gaulle passe en visite au lycée… Chraïbi réussit son baccalauréat en composant notamment sur le sujet « Liberté, Égalité, Fraternité ». Mention bien : il vient de gagner son billet pour la France afin d'y faire des études de médecine.

1912	Le Maroc est placé sous protectorat français.
1921-1926	Guerre du Rif. Mouvement dada en Europe.
1927	Sidi Mohammed (futur roi Mohammed V) arrive au pouvoir, imposé par les Français. Mouvement surréaliste en France, depuis 1924.
1931	*Sanctuaire* de William Faulkner (traduit en français en 1933).
1939	*Les Raisins de la colère* de John Steinbeck.
1940	Fin de la parution des *Thibault* de Roger Martin du Gard.
1942	Débarquement des Alliés en Afrique du Nord. *L'Étranger* d'Albert Camus.
1943	Conférence des Alliés à Casablanca. Roosevelt et Churchill promettent d'œuvrer pour l'indépendance du Maroc. Création du parti de l'Indépendance (Istiqlal).
1947	Violentes émeutes à Casablanca. Sidi Mohammed demande l'indépendance.
1950	*Le Fils du pauvre* de Mouloud Feraoun.
1952	*La Grande Maison* de Mohammed Dib, *La Colline oubliée* de Mouloud Mammeri.
1953	L'assemblée générale des Nations unies adopte une mesure pour demander le droit à l'autodétermination du Maroc. Débuts du Nouveau Roman en France (*Les Gommes* d'Alain Robbe-Grillet). *La Statue de sel* d'Albert Memmi.

2.

« Combien de morts coûte ce qu'on appelle une civilisation ? »

En septembre 1945, Chraïbi s'installe à Paris. Rapidement, il abandonne son projet de devenir médecin et s'inscrit à l'École supérieure de chimie. La confrontation entre les idéaux des Lumières et l'âpre réalité de la médiocrité humaine lui fait l'effet d'une lame de fond. Logé sans le comprendre dans une maison de passe, Driss est réveillé un jour par une descente de police qui le fait tomber de haut : son rêve de civilisation n'est qu'un malentendu. La France lui présente un visage bien différent de celui dont lui avaient parlé ses instituteurs. Et avec ses espoirs, c'est toute son identité qui s'effondre. Driss déchire tout ce qu'il a pu écrire et décide de narrer ce qui n'a pas été vécu. Désormais, « la réalité sera littéraire ».

> 1954 *L'Incendie* de Mohammed Dib. Début de la guerre d'Algérie. *Le Livre de ma mère* d'Albert Cohen.

3.

« Je suis d'une génération perdue » (*Lamalif*, nº 2, 15 avril 1966)

S'ouvre le temps de la révolte, qui se retourne tout d'abord contre le père, à qui Chraïbi envoie son

diplôme et qui, en retour, lui coupera les vivres lorsqu'il apprendra que son fils ne travaille pas. Pour survivre, Driss exerce tous les métiers possibles : photographe, calligraphe, garçon de café, écailleur d'huîtres... Mais c'est surtout avec *Le Passé simple* (1954) que le jeune homme rompt durablement avec le Maroc et avec sa famille. Si la réception du roman est plutôt bonne en France (il obtient le prix Rivages), l'ouvrage déclenche une hostilité compréhensible dans un Maroc qui revendique son indépendance et ne peut accepter une telle charge contre la société traditionnelle. Bien malgré lui, Chraïbi semble faire le jeu du colonialisme et certaines réactions sont sans appel : «Il s'agit d'un roman assez infect et tout à fait dans le genre de la littérature répugnante qui s'épanouit en librairie ces temps-ci» (*La Tribune de Genève*, 16 décembre 1954). Longtemps, Chraïbi sera *persona non grata* au Maroc, se voyant même condamné à mort par un parti politique extrémiste. On lui reprochera continuellement son acculturation, son universalisme et sa préférence accordée à la langue française. Driss ne sait plus qui il est quand, à la fin des années 1950, «la presse d'ici [le] traite d'anti-Occidental» au moment de la parution des *Boucs* en 1955, roman qui dénonce, avec une rare violence, la vie misérable des travailleurs immigrés en France, et que «la presse de [son] pays le qualifie de vendu» (*Démocratie*, 4 février 1957). Les attaques sont si cruelles qu'un temps Chraïbi reniera officiellement *Le Passé simple*, dont il déclare en 1956 qu'il s'en «est éloigné».

Sur le plan personnel, Chraïbi s'est marié en 1955 avec Catherine Birckel, avec laquelle il aura cinq enfants. Il gagne péniblement sa vie comme journaliste à *Demain*, *Démocratie* et *Confluent*. Il connaît une profonde crise

identitaire, accentuée par la nouvelle de la mort de son père en 1957.

> J'entends un sanglot discontinu convulsif, tandis que je baise la terre et griffe la terre à m'arracher les ongles. Je ne comprends toujours pas : qui est mort ? Et pourquoi ? Cet homme ne peut pas mourir. Il était… il est mes tenants et mes aboutissants. Il est tout mon passé, et le passé ne peut pas mourir (*Le Monde à côté*).

Chraïbi n'assiste pas à l'enterrement et refuse sa part d'héritage.

1955 Les accords de La Celle-Saint-Cloud prévoient le retour du sultan, exilé en 1953, sous le nom de Mohammed V et l'indépendance du pays.
1956 Indépendance du Maroc et de la Tunisie. *Nedjma* de Kateb Yacine. *L'Ère du soupçon* de Nathalie Sarraute. *L'Âne* de Driss Chraïbi.
1957 *La Modification* de Michel Butor.

4.

« Naissance à soi et au monde »

Chraïbi va voyager et enseigner au Canada. Il commence à travailler à l'ORTF, où il réalise des émissions dans les séries « Connaissance des mondes (Islam et Occident) » et « Musique islamique contemporaine », ainsi que des adaptations de ses œuvres et de classiques pour la série « Théâtre noir » de 1964 à 1969. Entre 1962, date à laquelle paraît *Succession ouverte*, roman dans lequel il fait le récit du retour de Driss

Ferdi au Maroc à l'occasion des funérailles de son père, et 1972, où est édité *La Civilisation, ma Mère!...*, le temps semble avoir apaisé sa révolte, sa peine et ses réticences à l'égard d'un Occident considéré comme plus libre et plus ouvert que le Maroc. Il dénonce tour à tour l'assassinat de Mouloud Feraoun en 1962, l'arrestation en 1972 d'Abdellatif Laâbi et Abraham Serfaty, animateurs de la revue *Souffles,* ou l'«arabitude» qui exhibe «le passé comme une dépouille mortelle» et fige le Maroc au lieu de le laisser libre d'évoluer. C'est alors qu'il achève le cycle de la famille avec *La Civilisation, ma Mère!...* et entame une liaison avec Sheena McCallion, une Écossaise qui devient sa femme en 1978. De ce deuxième mariage naîtront cinq enfants également. Ensemble, ils ont d'abord vécu en Écosse, puis neuf ans à l'île d'Yeu et deux ans au Maroc, avant de revenir s'installer en France, dans la Drôme. Alors que la revue d'avant-garde *Souffles* lui a rendu hommage en 1967 et a reconnu sous la plume d'Abdellatif Laâbi qu'il est «vraisemblablement le seul écrivain maghrébin et arabe qui ait eu le courage de mettre tout un peuple devant ses lâchetés, qui lui ait étalé son immobilisme, les ressorts de son hypocrisie, de cette autocolonisation et oppression exercée les uns sur les autres...», Chraïbi, revenu au Maroc après vingt-cinq ans d'absence, en repart en effet, à l'instar de son personnage de *La Civilisation, ma Mère!...*

1961	Mort de Mohammed V et accès au trône de Hassan II. *La Foule* de Driss Chraïbi. *Les Paravents* de Jean Genet.
1962	Indépendance de l'Algérie. Assassinat de Mouloud Feraoun par l'OAS.
1964	*Les Mots* de Jean-Paul Sartre.

1966 *Le Polygone étoilé* de Kateb Yacine.
1967 *Un ami viendra vous voir ce soir* de Driss Chraïbi.
 Antimémoires d'André Malraux.
1969 *La Répudiation* de Rachid Boudjedra.
1970 Un groupe de femmes dépose une gerbe à
 l'Arc de triomphe en l'honneur de « la femme
 du soldat inconnu ». Manifestations pour le
 droit à l'avortement. Mort de Nasser et du
 général de Gaulle.
1971 La Suisse accorde le droit de vote aux femmes,
 mais il est refusé au Lichtenstein. Manifeste
 dit « des 343 salopes » qui déclarent avoir
 avorté. Simone Veil est nommée ministre de
 la Santé.
1972 Massacre des athlètes israéliens par un com-
 mando palestinien aux Jeux olympiques de
 Munich. À la suite de deux tentatives de coup
 d'État au Maroc, le régime se durcit.

5.

Retour à la source

Chraïbi commence le second cycle de son œuvre :
celui dit « de la tribu ». À travers les siècles, des
débuts de l'islam à nos jours, il retrace la destinée de la
tribu berbère des Aït Yafelman, qui résiste à la colonisa-
tion européenne comme à l'avancée de la religion
musulmane, à l'image de ce chiendent que Chraïbi a
voulu être lui-même dans le paysage de la littérature
française. En 1981, il s'invente un *alter ego* ironique
en la personne de l'inspecteur Ali. Selon Stéphanie
Delayre, « la quête inquiète de soi au travers du person-
nage de Driss Ferdi qui s'achève dans *La Civilisation, ma
Mère !...* laisse la place à un équilibre retrouvé et sublimé

dans la légende ». Chraïbi est en effet devenu un écri-
vain reconnu : ses visites au Maroc après tant d'années
d'exil déclenchent l'enthousiasme des étudiants. Primé
pour l'ensemble de son œuvre en 1973 (prix de l'Afrique
méditerranéenne), il reçoit pour *L'Inspecteur Ali* celui
de l'Amitié franco-arabe et le prix Mondello en Italie
pour *Naissance à l'aube* en 1986. Réconcilié avec ses
origines et avec les siens, il peut enfin se recueillir sur le
mausolée de sa mère avec apaisement. Les mots « La vie
continue. Bonjour la vie ! » achèvent le second tome de
ses Mémoires en 2001.

1973	*La Cause des femmes* de Gisèle Halimi.
1974	Légalisation de l'avortement en France.
1975	*Mort au Canada* de Driss Chraïbi. *W ou le Souvenir d'enfance* de Georges Perec. *Les Mots pour le dire* de Marie Cardinal. Début de la marche verte au Maroc.
1987	*La Nuit sacrée* de Tahar Ben Jelloun (prix Goncourt).
1995	*L'Homme du livre* et *L'Inspecteur Ali à Trinity College* de Driss Chraïbi.
1996	*L'Inspecteur Ali et la CIA* de Driss Chraïbi.
2003	Le roi Mohammed VI présente la réforme du code de la famille, qui datait de 1957.

6.

« Je ne peux plus me taire »

Cette phrase, Chraïbi l'écrit en 2004 dans la préface
de son dernier roman, *L'Homme qui venait du passé*,
à propos des attentats du 11-Septembre 2001. L'ultime
enquête de l'inspecteur Ali le conduit en effet sur la

piste de Ben Laden, retrouvé mort au fond du puits d'un ryad à Marrakech. Sans se départir de son humour corrosif et de son sens aigu de la dérision, le personnage de Chraïbi ne peut plus se satisfaire des embellissements de la fiction. À soixante-dix-sept ans, l'écrivain avoue être comme son peuple, «désorienté, désoccidentalisé, déshumanisé». Parce qu'à ses yeux la vie n'est plus un roman mais une tragédie, il décide de se faire assassiner par son propre personnage, qui l'accuse d'avoir magnifié en vain un passé «creux de mots creux». Symptomatiquement, la phrase lancinante qui hantait ses premiers romans : «Nous n'aurons jamais d'autre avenir que ce passé-là», est venue remplacer celle chantée par les vagues de l'Océan dans *La Civilisation, ma Mère!…* : «Paix, Paix, Paix.»

Driss Chraïbi meurt le 1er avril 2007; il est enterré à côté de son père à Casablanca.

┌
 Éléments pour une
 fiche de lecture
 ┘

Regarder la photographie

• Observez l'image et essayez d'imaginer l'expression du visage de la femme juste avant la prise photographique puis aussitôt après. En êtes-vous capables ? Pourquoi ? Pourriez-vous imaginer l'histoire de cette personne ?

• Qu'est-ce qui rend d'après vous cette photographie si impersonnelle ? Étudiez le cadrage, les jeux de lumière, etc.

• Quels autres sujets l'artiste aurait-elle pu décider de photographier pour produire une telle impression formelle ? Proposez à votre tour une série de photographies qui s'inscrirait dans la même veine.

Comprendre les personnages

• Caractérisez l'art du portrait chez Chraïbi : quels éléments permettent à chaque fois d'identifier les personnages ?

• Caractérisez les univers masculin et féminin dans le roman. À votre avis, Chraïbi porte-t-il un regard d'« homme » sur sa mère, comme cela le lui a été reproché ?

- Caractérisez le style des deux narrateurs : y a-t-il deux voix ou une seule ? Comment expliquer l'existence des deux narrateurs ?
- Pourquoi la mère symbolise-t-elle la destinée du tiers-monde aux yeux de Chraïbi ?
- Comment expliquez-vous l'absence de prénom pour le premier narrateur, la mère et le père et, au contraire, la mention de celui de Nagib ?

Le cadre spatio-temporel

- Travaillez sur la représentation des espaces (ouvert, fermé, intérieur, extérieur…) et sur leur symbolique. Quels rôles jouent la voiture puis le bateau dans le roman ?
- Faites un repérage des descriptions du Maroc : sont-elles nombreuses ? réalistes ou exotiques ? Quelle est leur fonction dans le roman ? Diriez-vous que Chraïbi participe à la construction du mythe orientaliste ?
- À partir des dates glissées dans le roman et de vos recherches personnelles sur l'histoire du Maroc, rétablissez le contexte du récit. La libération de la mère est-elle anachronique ?
- Quelle image le roman donne-t-il du passé et de l'enfance ? Comparez avec d'autres récits d'enfance que vous connaissez.

L'art du montage et de la composition

- Essayez de justifier les titres des deux parties au regard de leur contenu.
- Relevez les principales marques de l'oralité dans le texte. Imaginez une mise en scène théâtrale de l'épi-

sode de la villa d'Anfa. En quoi ce passage emprunte-t-il au théâtre ?

Les grandes thématiques

- À quoi sert le rire dans le roman ? Analysez les différentes formes de comique.
- La technique libère-t-elle les individus ? Quels sont les autres moyens de libérer la femme dans le roman ?
- Quelle vision Chraïbi donne-t-il de l'Occident et du Maroc ?
- Quelle définition donneriez-vous de la civilisation à partir de votre lecture du roman et d'une manière plus générale ?
- Pourquoi la mère part-elle à la fin du roman ? Imaginez ce qui pourrait arriver ensuite.

Invitation à écrire

- Commentez cette phrase de Chraïbi en vous appuyant sur la lecture du roman : « Le hasard a décidé un jour de me faire vivre à la croisée des chemins : celui de mon monde d'origine et celui de l'Occident. Peut-être le chemin de l'espace finira-t-il par rejoindre celui du temps. »

Collège

Lycée

Série Classiques

Écrire sur la peinture (anthologie) (68)

Encyclopédie (textes choisis) (142)

La poésie baroque (anthologie) (14)

Le sonnet (anthologie) (46)

Honoré de BALZAC, *La Peau de chagrin* (11)

Honoré de BALZAC, *La Duchesse de Langeais* (127)

René BARJAVEL, *Ravage* (95)

Charles BAUDELAIRE, *Les Fleurs du mal* (17)

BEAUMARCHAIS, *Le Mariage de Figaro* (128)

André BRETON, *Nadja* (107)

Albert CAMUS, *L'Étranger* (40)

Albert CAMUS, *La Chute* (125)

Albert CAMUS, *La Peste* (119)

CÉLINE, *Voyage au bout de la nuit* (60)

René CHAR, *Feuillets d'Hypnos* (99)

François René de CHATEAUBRIAND, *Mémoires d'outre-tombe – « Livres IX à XII »* (118)

Albert COHEN, *Le Livre de ma mère* (45)

Benjamin CONSTANT, *Adolphe* (92)

Pierre CORNEILLE, *Le Menteur* (57)

Marguerite DURAS, *Un barrage contre le Pacifique* (51)

Paul ÉLUARD, *Capitale de la douleur* (126)

Annie ERNAUX, *La place* (61)

Gustave FLAUBERT, *Écrire* Madame Bovary *(Lettres, pages manuscrites, extraits)* (157)

Gustave FLAUBERT, *Madame Bovary* (33)

André GIDE, *Les Faux-Monnayeurs* (120)

André GIDE, *La Symphonie pastorale* (150)

Victor HUGO, *Hernani* (152)

Eugène IONESCO, *Rhinocéros* (73)

Sébastien JAPRISOT, *Un long dimanche de fiançailles* (27)

Charles JULIET, *Lambeaux* (48)

Eugène LABICHE, *L'Affaire de la rue de Lourcine* (98)

Jean de LA BRUYÈRE, *Les Caractères* (24)

Pierre CHODERLOS de LACLOS, *Les Liaisons dange-reuses* (5)

Madame de LAFAYETTE, *La Princesse de Clèves* (39)

André MALRAUX, *La Condition humaine* (108)

MARIVAUX, *L'Île des Esclaves* (19)

MARIVAUX, *La Fausse Suivante* (75)

Guy de MAUPASSANT, *Le Horla* (1)

Guy de MAUPASSANT, *Pierre et Jean* (43)

Patrick MODIANO, Louis MALLE, *Lacombe Lucien* (147)

MOLIÈRE, *L'École des femmes* (25)

MOLIÈRE, *Le Tartuffe* (35)

MOLIÈRE, *L'Impromptu de Versailles* (58)

MOLIÈRE, *Amphitryon* (101)

Michel de MONTAIGNE, *Des cannibales* + *La peur de l'autre* (anthologie) (143)

MONTESQUIEU, *Lettres persanes* (56)

Alfred de MUSSET, *Lorenzaccio* (8)

OVIDE, *Les Métamorphoses* (55)

Pierre PÉJU, *La petite Chartreuse* (76)

Daniel PENNAC, *La fée carabine* (102)

Pour plus d'informations,
consultez le catalogue à l'adresse suivante :
http ://www.gallimard.fr

Composition Interligne
Impression Novoprint
à Barcelone, le 5 mars 2016
Dépôt légal : mars 2016
1er depôt légal : mai 2009

ISBN 978-2-07-038976-6/Imprimé en Espagne.

Pour plus d'informations,
consultez le catalogue à l'adresse suivante:
http://www.gallimard.fr

Composition Interligne.
Impression Novoprint
à Barcelone, le 5 mai 2016
Dépôt légal: mai 2016
1er dépôt légal: mai 2005

ISBN 978-2-07-038976-6./Imprimé en Espagne.